I0575404

LE CADEAU DU MARQUIS

IL Y A DE L'AMOUR DANS L'AIR
TOME DEUX

DARCY BURKE

Traduction par
SOPHIE SALAÜN

Zealous Quill Press

Conception du livre: © Darcy Burke.
Conception de la couverture: © Dar Albert, Wicked Smart Designs.
Traduction: Sophie Salaün.

❀ Réalisé avec Vellum

LE CADEAU DU MARQUIS

La marquise de Darlington ne désire qu'une seule chose : avoir une maison pleine d'enfants. Mais après trois ans de mariage, Poppy a perdu tout espoir. Lorsqu'elle découvre que son mari ne partage pas son chagrin, elle tente d'apaiser son cœur douloureux en apportant son aide à une institution locale pour femmes et mères isolées. Mais l'arrivée d'une future mère ne fait que raviver son désir, creusant davantage le fossé entre elle et Gabriel.

Après avoir perdu sa mère et sa sœur en couches, Gabriel, marquis de Darlington, se réjouit secrètement que sa femme n'ait pas été capable de concevoir un enfant. Il ne peut supporter l'idée de la perdre, même pour réaliser leur rêve de fonder une famille. Gabriel, qui veut à tout prix lui prouver son amour, lui fait une proposition choquante. C'est un risque, mais s'il parvient à surmonter les craintes et les hésitations de Poppy, il pourra lui offrir ce qu'elle désire le plus pour Noël.

CHAPITRE 1

Comté de Durham, Angleterre
Novembre 1811

Un cri d'enfant retentit et Gabriel Kirkwood, marquis de Darlington, interrompit ses coups de marteau. Deux petits garçons accouraient vers la porte ouverte alors que Gabriel réparait la charnière cassée. Ils s'arrêtèrent net, et le plus grand percuta le plus petit qu'il poursuivait.

— Je vous demande pardon, my lord, dit le plus jeune, Matthew, levant ses grands yeux bleus vers Gabriel.

— Faites attention, leur dit-il avec un sourire, jetant un coup d'œil dans le couloir par-dessus leur tête. Ne vous faites pas surprendre par Mme Armstrong en train de courir à l'intérieur.

La directrice de l'institution pour femmes démunies, que tout le monde appelait Hartwell House, aimait l'ordre et la discipline.

Matthew regarda par-dessus son épaule, tandis que son frère aîné John secouait la tête.

— Nous faisons attention, my lord. Elle est occupée, ajouta-t-il, comme pour prouver leur diligence.

— Bien.

Gabriel se remit au travail et termina de fixer la nouvelle charnière à l'aide de son marteau.

— Qu'est-ce que vous faites ?

Matthew s'approcha de lui, son regard curieux rivé sur la réparation de Gabriel.

— J'ai remplacé la charnière pour que cette porte ferme correctement, expliqua Gabriel en reculant.

Hartwell House avait été transformée en institution une quinzaine d'années plus tôt, lorsque le propriétaire et son épouse, les Armstrong, avaient commencé à accueillir des femmes démunies, dont beaucoup avaient des enfants en bas âge et n'avaient aucun moyen de les nourrir. La seule alternative pour la plupart d'entre elles était l'hospice, et ce n'était pas un endroit pour élever des enfants, surtout si l'on voulait passer du temps avec eux. Hartwell House permettait aux mères et aux enfants de ne pas être séparés et de construire une vie… ensemble.

— Vas-y, essaie et vois si j'ai fait du bon travail.

Le garçon lui jeta un regard dubitatif, et Gabriel hocha la tête pour l'encourager. Le petit claqua la porte au nez de son frère.

Riant, Matthew plaqua une main sur sa bouche. Gabriel se retint d'éclater de rire à son tour.

— On dirait qu'elle fonctionne bien.

La porte s'ouvrit sur le regard noir de John.

— Tu n'étais pas obligé de me la fermer au nez.

— Je n'ai pas fait exprès ! prétendit Matthew, levant les yeux vers Gabriel. Je suis content que vous l'ayez réparé. Il y avait trop de bruit ici l'autre soir.

Le petit fit la grimace, puis sortit de la pièce, qui était le dortoir réservé aux femmes.

Gabriel se tourna vers John.

— Pourquoi y avait-il trop de bruit ?

— Elles pleuraient, parce que quelqu'un est mort.

John le lui dit sans la moindre once de tristesse, et Gabriel en eut le cœur serré. Quelle tragédie ce garçon avait-il déjà endurée pour être aussi insensible à la mort ?

Ou, plus précisément, la perspective de la mortalité n'avait pas encore atteint l'enfant. Gabriel avait dix ans lorsqu'il avait perdu sa mère et que le chagrin insurmontable de la mort avait modifié à jamais sa vision des choses. La vie était précieuse et pouvait changer, ou disparaître, en l'espace d'un instant.

— Je suis désolé de l'apprendre, répondit Gabriel d'une voix douce.

— Vous voilà, dit Mme Armstrong, dont la voix mélodieuse résonna dans le couloir. Vous êtes en retard pour le repas de midi. Allez, filez.

Arrivée au dortoir, elle posa sur eux des yeux chaleureux, mais fermes.

Ils ne jetèrent même pas un regard d'adieu à Gabriel, lui montrant ainsi au passage qui occupait le rang le plus élevé à Hartwell House, et il ne s'agissait pas du marquis. Réprimant un sourire, Gabriel se tourna vers la femme formidable qui dirigeait l'institution. Grande, avec des cheveux bruns qui commençaient à grisonner aux tempes et une bouche fine qui aurait pu paraître cruelle si elle ne riait pas autant, Mme Armstrong était le cœur de cet endroit, surtout depuis le décès de son mari l'année précédente.

— J'espère qu'ils ne vous dérangeaient pas, dit-elle en regardant la porte.

— Pas du tout. En fait, ils m'aidaient. Il me vient à l'esprit que je pourrais leur enseigner quelques compétences utiles.

Si vous pensez qu'ils sont assez âgés pour cela.

— C'est le cas, et ce serait merveilleux, dit-elle avec un sourire radieux. La marquise et vous-même êtes si aimables de faire tout ce que vous faites pour nous ici. Je voulais vous demander, et j'espère que vous ne me trouverez pas insolente, si Madame allait bien. Nous ne l'avons pas vue depuis près de quinze jours.

— Cela fait si longtemps ?

Gabriel se rendit compte qu'elle n'était pas venue avec lui les dernières fois, mais il n'avait pas compté les jours. Il lut l'inquiétude dans les yeux de Mme Armstrong et essaya de la mettre à l'aise.

— Poppy va bien, merci. Elle est juste occupée avec les affaires de la maison.

Gabriel ignorait si c'était vrai. Il le découvrirait, car l'inquiétude de Mme Armstrong était maintenant la sienne.

— Je suis heureuse de l'entendre, déclara-t-elle. Elle manque aux enfants.

Une vive douleur s'empara brièvement de la poitrine de Gabriel. Évidemment qu'elle leur manquait. Poppy passait la plupart de son temps ici avec les enfants, leur faisant la lecture, jouant avec eux, leur donnant des cours pendant que leurs mères cousaient ou travaillaient dans le jardin. Hartwell House offrait aux pensionnaires la possibilité de travailler et de gagner de l'argent dans l'espoir qu'un jour elles puissent partir et avoir leur propre foyer. Comme ils n'avaient pas d'enfants, Poppy aimait passer du temps avec les plus jeunes résidents. Elle aurait fait une mère merveilleuse, mais après presque trois ans de mariage et aucune grossesse, il semblait que cela ne devait pas arriver.

Gabriel repoussa cette pensée.

— J'ai entendu dire que quelqu'un était mort.

Il espérait que le garçon se trompait, mais l'ombre qui

traversa le regard de Mme Armstrong lui indiqua que ce n'était pas le cas.

— C'est triste, mais ce n'est pas surprenant, malheureusement. Cette fille était tellement mal nourrie ! Ce n'était pas vraiment une *fille* non plus, je suppose, expliqua Mme Armstrong qui secoua la tête avant de froncer les sourcils. Non. C'*était* une fille, qui était sur le point de devenir mère.

La respiration de Gabriel se bloqua dans ses poumons tandis qu'un tremblement d'effroi le traversait. *Oh, non !*

Il se rappelait cette jeune femme, la *fille*, qui était arrivée quelques semaines plus tôt. Elle était pratiquement morte de faim et Mme Armstrong avait fait tout ce qu'elle pouvait pour l'aider.

— Le bébé ? s'enquit Gabriel.

— Mort-né. La mère a plongé dans un sommeil d'épuisement et ne s'est jamais réveillée.

Elle jeta un coup d'œil vers l'un des lits.

— Mais nous avons déjà réattribué sa place.

C'était difficile de considérer cela comme un point positif, mais que pouvait-elle faire d'autre ? C'était sa vie : aider ceux qu'elle pouvait et laisser partir ceux qu'elle ne pouvait pas.

Gabriel ne put s'empêcher de penser à sa femme, à sa bien-aimée Poppy, et à leur incapacité à avoir des enfants. Et à quel point il était *reconnaissant* de cela. Parce qu'il savait qu'il ne la perdrait jamais de la manière dont cette pauvre fille était morte. Ou de la manière dont sa mère était morte. Ou sa sœur aînée. Ou la mère de Poppy. Autour de lui, les femmes mouraient en couches, et il s'attendait à ce qu'il en soit de même pour Poppy.

Il ne pouvait pas supporter cette idée.

— Madame Armstrong ? appela une voix.

Une jeune femme nommée Judith, qui travaillait pour

Mme Armstrong depuis que Gabriel venait ici, passa la tête dans le dortoir.

— Il y a une nouvelle arrivée.

— Ce n'est jamais fini, dit Mme Armstrong en secouant la tête.

Elle commença à se retourner, mais hésita.

— J'espère que vous ne me trouverez pas impertinente, mais si Madame a des soucis à cause de son état de santé, je serais heureuse d'en parler avec elle.

Gabriel cligna des yeux, ne sachant pas trop ce qu'elle voulait dire.

— Son état de santé ?

— Le fait qu'elle n'ait pas d'enfant à elle, précisa Mme Armstrong d'une voix douce, le front plissé par la compassion. Vous êtes mariés depuis… trois ans environ ?

— Presque.

— C'est à ce moment-là que j'ai compris que M. Armstrong et moi n'aurions pas la chance d'avoir d'enfants. L'année suivante, nous avons accueilli notre première jeune femme. Les aider, son jeune fils et elle, nous a apporté de la joie et… une raison d'être.

Un petit nœud se forma à la base de la gorge de Gabriel. Il déglutit pour l'empêcher de monter.

— Je crois que c'est ce que Poppy ressent lorsqu'elle vient ici, cela lui apporte de la joie.

Et sans doute un but. Il n'en était pas certain.

Mme Armstrong lui adressa un sourire bienveillant.

— C'est bon de l'entendre. J'espère qu'elle reviendra quand elle sera prête. Maintenant, si vous voulez bien m'excuser.

— Bien sûr, murmura Gabriel.

De nouveau seul, Gabriel nettoya ses outils et quitta le dortoir. Il avait fait tout ce qu'il pouvait aujourd'hui, mais il y avait toujours à faire. Le bâtiment avait grand besoin d'être réhabilité. Le toit ne passerait peut-être même pas l'hiver.

— Vous devez me laisser rester ! s'exclama une voix de femme.

Elle venait du coin arrière du bâtiment, là où se trouvait le bureau de Mme Armstrong.

— Je crains que nous n'ayons pas de logement pour une personne dans votre état, dit Mme Armstrong. Vous êtes trop malade. Je suis sincèrement désolée. Il y a un hospice…

— Non !

Le bruit d'une toux emplit l'air, suivi d'un bruit sourd, comme si quelqu'un était tombé.

— Juste ciel ! s'écria Mme Armstrong, et Gabriel se précipita en direction du bruit.

Lorsqu'il arriva devant le bureau, il vit une forme effondrée au sol. Mme Armstrong et Judith étaient agenouillées près d'une femme dont la toux se mua en gémissement.

— Pourquoi n'avez-vous pas dit que vous étiez enceinte ? demanda la directrice, stupéfaite.

La femme à terre répondit par une quinte de toux.

— Puis-je proposer mon aide ? s'enquit Gabriel.

Mme Armstrong leva les yeux, et son soulagement se lisait dans son regard.

— Oui, merci. Pourriez-vous nous aider à la mettre sur une chaise ?

Gabriel s'avança dans le bureau et observa la femme pâle et débraillée. Ses cheveux blonds se détachaient de leurs épingles et elle portait une cape miteuse qui s'ouvrait sur ses vêtements sales et déchirés. Ils ne lui allaient pas non plus très bien, s'étirant sur son ventre rond.

Il s'accroupit et la souleva.

— Nous allons vous mettre sur la chaise, dit la directrice.

— Pourquoi ? demanda la femme, essayant de repousser

ceux qui l'aidaient. Il faut que je trouve un autre endroit où rester.

Mme Armstrong la regarda avec une détermination bienveillante.

— Nous allons faire de la place. Je vais vous donner mon lit. Vous n'allez pas bien, et vous devez prendre soin de vous, pour le bien du bébé.

— Je ne veux même pas de ce gamin, dit la femme en se renfrognant.

Mme Armstrong lui adressa un sourire serein.

— C'est peut-être ce que vous pensez pour l'instant, mais une fois que vous l'aurez rencontré, vous changerez d'avis.

Elle secoua la tête avec véhémence, avant de s'effondrer dans une nouvelle quinte de toux.

— Je vais trouver un autre endroit, parvint-elle à dire.

La directrice fronça les sourcils.

— Vous devriez rester ici.

Maîtrisant sa toux, la femme regarda Gabriel.

— Aidez-moi à me lever, s'il vous plaît.

Il l'entoura de son bras et la souleva pour qu'elle se mette debout.

— J'ai un cottage vide sur ma propriété. Voudriez-vous y séjourner le temps de vous rétablir ?

Se relevant, Mme Armstrong le regarda, surprise.

— Elle ne peut pas rester seule. Elle a besoin de soins.

— Vous ne pouvez pas céder votre lit, madame Armstrong, répondit Gabriel. J'ai un cottage vide.

— J'irai là-bas pour m'occuper d'elle, proposa Judith.

La directrice prit une grande inspiration.

— C'est très gentil de ta part, Judith. Tu me manqueras ici, mais bien sûr, tu dois y aller. Si cette femme est déterminée à partir, et si elle veut bien de toi, dit-elle, lançant un regard plein d'espoir à la femme enceinte.

— Je le suis, et je veux bien, affirma-t-elle avant de renifler bruyamment, un bruit horrible qui fit presque grimacer Gabriel. Où se trouve ce cottage ?

— Je peux vous y conduire maintenant, proposa-t-il, heureux d'être venu avec son chariot aujourd'hui au lieu de venir à cheval. Il était difficile de livrer plusieurs sacs de farine à dos de cheval.

— Très bien.

La femme se remit à tousser, se pliant à la taille alors qu'elle tentait de s'arrêter.

— Tu auras besoin de médicaments, dit Mme Armstrong à Judith. Et de vêtements à sa taille.

Judith acquiesça.

— Je vais voir ce que je peux trouver.

Elle pivota pour partir.

— Je vais préparer un panier, lui dit Mme Armstrong qui se tourna vers Gabriel. Aurez-vous de la nourriture et d'autres produits de première nécessité pour elles ?

— Bien sûr.

Le cottage auquel il pensait était inoccupé depuis le printemps précédent, mais un voisin l'avait gardé propre et en bon état jusqu'à ce qu'un nouveau locataire se présente. Il allait veiller à faire des réserves de nourriture et de linge pour elles. De plus, il demanderait à son intendant de les faire surveiller par ce même voisin. Ce qui n'empêcherait pas Gabriel d'aller les voir régulièrement. Il était vivement intéressé par cette femme et par le fait qu'elle ne veuille pas de son bébé.

Un rêve prit racine dans son esprit... Un rêve pour lequel il n'osait pas nourrir d'espoir, mais qu'il ne pouvait s'empêcher de désirer.

Mme Armstrong ramena la femme vers la chaise.

— Quel est votre nom, ma chère ?

— Dinah Kitson.

— Venez, Dinah, asseyez-vous jusqu'à ce qu'il soit temps

de partir.

Mme Armstrong s'assura qu'elle était bien installée. Dinah leva ses yeux chassieux vers Gabriel.

— Pourquoi m'aidez-vous ?

— Parce que vous avez besoin d'aide.

— Et le bébé ? demanda Dinah en posant la main sur son ventre.

— Nous nous en occuperons, dit Gabriel, s'intimant d'y aller doucement.

Cette femme était malade et on ne pouvait pas savoir ce qui se passerait ni même si l'enfant survivrait. Et Dinah pouvait très bien changer d'avis après la naissance. Elle verrait son visage, compterait ses doigts et ses orteils, et tomberait éperdument amoureuse.

Oui, il avait un rêve, mais il ne s'attendait pas vraiment à ce qu'il se réalise.

~

Poppy Kirkwood, marquise de Darlington, était assise devant le feu dans le salon adjacent à la chambre à coucher qu'elle partageait avec son mari. Sa main se déplaçait avec rapidité et précision, remplissant le motif de verdure sur son point de croix.

C'était un grand ouvrage, qui serait très joli accroché dans le grand salon pendant les fêtes de fin d'année. À condition qu'elle le termine à temps.

Gabriel entra après être resté dans la salle à manger pour partager un porto avec son intendant, qui avait dîné avec eux. La femme de Charlie était à la maison avec leurs jeunes enfants. Le vide douloureux qui semblait toujours régner dans la poitrine de Poppy s'accentua brièvement avant qu'elle ne chasse la sensation d'un haussement d'épaules.

— Sur quoi travailles-tu ? s'enquit Gabriel en s'asseyant à côté d'elle sur le canapé.

Elle l'étala du mieux qu'elle pouvait sur ses genoux pour qu'il puisse le voir.

— C'est une tapisserie pour le grand salon.

Gabriel se pencha vers elle et observa le point de croix.

— C'est du gui ?

Un sourire effleura les lèvres de Poppy.

— C'en est.

Il déposa un baiser rapide sur sa bouche.

— Je crois que cela n'a pas d'importance qu'il ne soit pas réel.

— Ou qu'il ne pende pas au-dessus de nous, apparemment, dit-elle d'un ton ironique.

En souriant, il se concentra à nouveau sur la tapisserie.

— C'est superbe. Tu es vraiment douée pour la broderie. N'as-tu pas fait une nappe pour Hartwell House récemment ?

Poppy se raidit.

— Il y a quelques mois, oui

— J'y étais aujourd'hui, comme tu le sais, lui dit-il, accrochant son regard. Mme Armstrong a demandé si tu allais bien. Tu lui manques.

Poppy plia soigneusement son ouvrage et le mit de côté, prise de malaise.

— J'ai été occupée.

— C'est ce que j'ai dit à Mme Armstrong. Toutefois, lorsque j'essaie de réfléchir à ce qui t'occupe, je crains de ne pas savoir ce qui pourrait t'empêcher d'aller à Hartwell House.

— Tu es toi-même pris par tes propres activités.

En effet, il semblait être plus occupé que jamais par les questions relatives à la propriété, et par l'aide qu'il apportait à Hartwell House. Il aimait construire et réparer des choses.

Lorsqu'il ne se trouvait pas dans son atelier, il était à l'institution en train de réparer une chose ou une autre.

— Cela me manque d'y aller ensemble, dit-il en prenant ses mains qu'elle avait croisées sur ses genoux après avoir déplacé son ouvrage. Peut-être aimerais-tu m'y accompagner demain ou après-demain ? Ses lèvres se courbèrent en un doux sourire qui contrastait fortement avec la forme carrée de son menton et la ligne ciselée de sa mâchoire et de ses pommettes. C'était ce même sourire qui avait attiré l'attention de Poppy trois ans plus tôt lors d'une assemblée locale. Mais c'étaient son humour et sa sollicitude à l'égard des autres qui avaient conquis son cœur.

Redressant l'échine, elle lui répondit :

— Je crains de ne pas pouvoir le faire.

Le sourire de Gabriel se mua en un léger froncement de sourcils.

— Il y a quelque chose qui ne va pas ? Y a-t-il une raison pour laquelle tu ne veux plus te rendre à Hartwell House ?

L'inquiétude qui se lisait dans ses yeux lui fit perdre sa contenance. Elle se leva du canapé, envahie d'une énergie nerveuse.

— Non.

Elle se dirigea vers l'âtre, son corps subitement refroidi, cherchant la chaleur du feu.

Il se leva derrière elle ; elle sentit sa présence lorsqu'il se rapprocha.

— Je me demandais si peut-être… si cela te dérangeait de passer du temps avec les enfants ?

Elle se tourna vers lui, surprise par la pertinence de sa question.

— C'est ce que tu crois ?

Il haussa une épaule.

— Mme Armstrong en a parlé. Elle serait heureuse d'en discuter avec toi, de t'apporter son soutien, si tu le veux.

— Tu as discuté de nos problèmes avec elle ?

Poppy aimait beaucoup Mme Armstrong, mais ce n'était pas un sujet dont on parlait en dehors de la famille. Et dans ce cas précis, elle n'en parlait jamais *tout court*.

— C'est elle qui en a parlé. Elle s'inquiète pour toi, lui dit-il, le front plissé. Tout comme moi.

Les émotions bouillonnaient en elle, la tristesse et la frustration, mais elle refusait de se laisser aller au désespoir. Elle avait versé trop de larmes.

— Je ne veux pas de ta pitié. Je ne veux de la pitié de personne, pas même de la mienne. J'essaie de trouver un moyen d'accepter que c'est ce que sera ma vie, et je ne peux pas le faire avec des enfants qui courent partout. Cela ne semble pas te poser de problèmes d'y aller, remarqua-t-elle, s'efforçant de ne pas laisser transparaître son irritation dans son ton, mais elle craignait de ne pas y parvenir. Comment as-tu pu accepter notre destin ?

Il cligna des yeux, puis observa le feu. Lorsque son regard croisa à nouveau celui de Poppy, elle vit quelque chose d'étrange qu'elle n'avait jamais vu auparavant.

— J'admets que cela n'est pas aussi difficile pour moi que cela semble l'être pour toi.

Poppy en resta bouche bée. Elle avait l'impression que tout l'air avait été expulsé de ses poumons et n'y reviendrait jamais.

Il poursuivit :

— J'aurais aimé être père, mais je ne peux pas dire que je regrette que tu ne subisses pas les risques de la grossesse et de l'accouchement.

Elle savait maintenant ce qu'il y avait dans ses yeux : du soulagement. Il était heureux qu'ils n'aient pas conçu d'enfant. Il n'avait rien accepté, il s'était réjoui de leur sort alors qu'elle se morfondait dans la tristesse et la déception.

— Tu es heureux ? demanda-t-elle d'une voix faible et si

douce qu'elle se demanda s'il l'avait entendue, car il lui fallut un moment pour répondre.

— Pas heureux, non. Mais ce n'est pas la fin du monde pour moi.

La fin du monde…

— C'est un peu exagéré.

Elle essayait de comprendre ce qu'il disait. Jamais il ne lui avait parlé de cela auparavant, et elle se sentait presque… trahie.

— Tu ne comprends pas à quel point je suis affectée.

— Bien sûr que si, protesta-t-il, fronçant les sourcils, les yeux plissés. Mais peut-être ne comprends-tu pas ce que *je* ressens.

— Oh, je crois que si !

Il avait le bonheur de se sentir *soulagé* tandis qu'elle souffrait. Et dire qu'elle avait cru qu'il souffrait aussi !

Il s'avança vers elle, la dominant de sa haute taille.

— Et toi ? Sais-tu quelle angoisse je ressens lorsque j'entends parler d'une autre âme perdue lors d'un accouchement ? Aujourd'hui même, Mme Armstrong m'a parlé d'une fille… une *fille*… qui est morte en même temps que son bébé.

Elle se protégea de la douleur dans sa voix. Ce n'était rien comparé à son propre tourment.

— Oui, c'est tragique, mais c'est aussi la vie.

— Et la mort. Je ne veux pas te perdre comme tu as perdu ta mère, comme j'ai perdu la mienne, ou comme j'ai perdu ma sœur.

Elle releva le menton, troublée qu'il évoque sa mère qu'elle avait perdue à l'âge de deux ans quand celle-ci avait donné naissance à la petite sœur de Poppy et dont elle ne se souvenait même pas. Ses souvenirs provenaient tous de choses que son père et son frère aîné, Calder, lui avaient racontées. Elle était également sensible au fait que Gabriel avait été durement touché par la perte de sa propre mère lorsqu'il était jeune.

— On ne peut pas vivre en ayant peur de la mort. Elle nous attend tous.

La colère brilla dans les yeux de Gabriel.

— Je le sais bien. Mais pas encore. Pas *maintenant*.

Elle voulait qu'il comprenne son chagrin.

— C'est un risque que je pourrais prendre. N'as-tu pas envie de laisser quelque chose de nous derrière nous ? Si tu as peur de la mort, rappelle-toi que les enfants, la famille nous rendent immortels.

Il la dévisageait, sa mâchoire travaillant à mesure qu'il serrait et desserrait les dents.

— J'ai perdu trop de gens, et te perdre ferait de moi un mort-vivant.

Le mal qui la rongeait surgit, avide d'une âme sœur.

— Tu viens de décrire précisément ce que je ressens. Je me sens vide. Froide. Seule.

Gabriel sentait son pouls battre dans sa gorge. Il leva la main pour la poser sur la joue de sa femme.

— Comment peux-tu te sentir seule avec moi ? Est-ce que je… Est-ce que mon amour ne suffit pas ?

Il ne suffisait pas. Et pourtant, il représentait tout. Ou presque. Peut-être. Elle ne savait pas. Tout ce qu'elle savait, c'était que ce chagrin devait disparaître.

Elle leva les mains à son tour et saisit les revers de sa veste.

— Fais en sorte qu'il suffise. Fais en sorte qu'il soit *tout*.

Gabriel la regardait droit dans les yeux, tandis que l'attente grandissait entre eux. Elle craignait qu'il ne s'en aille.

Il n'en fit rien. Il plongea les mains dans ses cheveux, dégageant les épingles au passage. Puis ses lèvres dévorèrent celles de Poppy dans un baiser brûlant.

Elle resserra les mains sur sa veste, le tenant contre elle

tandis qu'elle enfonçait sa langue dans la bouche de Gabriel, réclamant tout ce qu'il voudrait lui donner. Passant son autre bras autour de ses hanches, il l'attira contre son corps, plaquant le bassin de sa femme contre le sien.

Un désir désespéré s'empara d'elle. Il ne ressemblait à rien de ce qu'elle avait connu jusqu'à présent. Elle voulait que ce moment, que *lui*, la transporte loin de la douleur qui habitait son cœur. Elle mit de côté ses pensées et concentra toute son attention sur lui, sur la tempête qui se préparait entre eux.

La colère, la douleur et le désir se mêlaient tandis qu'elle repoussait sa veste, impatiente de le dénuder et de se perdre dans la seule chose qui lui donnerait l'impression d'être entière. Peut-être pas entière, mais pas non plus complètement vide.

Gabriel tira sur ses cheveux pour les libérer, jusqu'à ce qu'elle les sente retomber en cascade dans son dos. Puis il acheva de retirer sa veste qu'il jeta par terre. Elle défit les boutons de son gilet, et le vêtement suivit rapidement le premier. Avec un grognement, il la souleva et la porta sur la courte distance qui les séparait de leur chambre à coucher. Là, il la reposa à côté du lit et entreprit de la déshabiller avec des gestes rapides et efficaces.

Implacables.

Il lui retira ses chaussures et la fit tourner pour tirer les lacets de sa robe. En un clin d'œil, le vêtement tomba à ses pieds. Il repoussa son jupon le long de son corps, et il rejoignit la robe.

Ses lèvres et sa langue faisaient déferler une vague de plaisir sur sa nuque tandis qu'il desserrait son corset. Un instant plus tard, il tomba comme le reste des vêtements de Poppy. Il ne lui restait plus que sa chemise et ses bas. Il embrassa son épaule, ses dents griffant délicatement sa chair, et ses mains enveloppèrent ses seins à travers le coton de son sous-vêtement.

Elle sursauta devant la rudesse de ses caresses quand ses pouces et ses index tirèrent sur ses mamelons. Un désir brutal jaillit directement dans son sexe. Elle le voulait maintenant.

— Gabriel, j'ai besoin de toi.

— Tu vas m'avoir, répondit-il, relevant sa chemise pour dévoiler ses fesses. Penche-toi.

Elle fit ce qu'il lui demandait, appuyant ses mains sur le lit devant elle et se courbant à la taille. Une main se glissa entre ses cuisses tandis que l'autre plongeait sous sa chemise, la déchirant légèrement sur le devant, pour mieux caresser sa poitrine. Il la serra, la pinça, lui procurant plus de sensations qu'il ne l'avait jamais fait auparavant.

Il caressa son sexe et elle se cambra, en quête de plus de contact. Il glissa son doigt en elle, la remplissant. Elle ferma les yeux et saisit le couvre-lit tandis qu'il embrassait le côté de son cou, puis lui mordillait le lobe de l'oreille.

— Est-ce que tu te sens vide, maintenant ?

Il plongea son doigt plus profondément en elle et elle bascula le bassin, frottant son clitoris contre le lit.

— Non ! haleta-t-elle alors que l'extase montait en elle.

— Bien.

Il ajouta un second doigt en elle, effectuant des mouvements de va-et-vient, la poussant vers un paroxysme insensé.

Elle se cramponna au lit et balança ses hanches d'avant en arrière à son rythme. Sa main quitta son sein et descendit entre elle et le matelas pour caresser son clitoris encore et encore, lui faisant franchir le sommet de la montagne alors qu'elle se libérait dans ses bras.

Sans attendre d'avoir pleinement récupéré, elle se retourna et tira sur les boutons de son pantalon. Dès qu'ils furent détachés, il se baissa pour retirer ses bottes, grognant et jurant sous l'effort. Puis il lui retira ses bas pendant qu'elle passait sa chemise par-dessus sa tête et la jetait de côté.

Se débarrassant du reste de ses vêtements avec une impatience bruyante, il la poussa sur le matelas et grimpa sur le lit. Il l'embrassa sauvagement et elle savoura la chaleur et le désespoir de leur étreinte. Non, elle n'allait pas réfléchir. Elle ne ferait que ressentir.

Il descendit jusqu'à ses seins, ses lèvres et sa langue traçant un chemin brûlant de pur ravissement. Elle passa la main entre eux et trouva son sexe, enroulant sa main autour de sa base. Il gémit et elle le serra, le caressant avec des mouvements de va-et-vient. Il bascula les hanches contre elle, et sa moiteur couvrit sa main.

Il trouva à nouveau son clitoris, le caressant avec frénésie tandis qu'il suçait son sein. Elle cria lorsque le plaisir enfla en elle une fois encore.

— Comble-moi, le supplia-t-elle. Maintenant. Fais disparaître le vide.

Il se redressa et baissa les yeux sur elle.

— Tu ne seras jamais seule, pas tant que je serai là.

Son angoisse se disloqua lorsqu'il s'enfonça en elle. Elle l'attira contre elle, avide de sentir son poids et la sécurité qu'il lui apportait ; une ancre dans son chaos. Elle sentit les larmes sur ses joues, et pria pour qu'il ne les sente ou ne les voie pas. Elle ne voulait pas réfléchir. Elle voulait seulement ressentir.

Et les sentiments avaient pris le dessus.

Oui, il la comblait, mais elle savait que rien n'en sortirait. Et ce, quelle que soit l'extase qui l'envahissait tandis qu'il plongeait dans son ventre stérile ou la réaction de son corps, avec ses jambes qui s'enroulaient autour de lui et l'attiraient de plus en plus profondément, comme si cette fois-ci pouvait être différente. Comme si la férocité de leur passion pouvait changer leur destin.

Elle savait que ce ne serait pas le cas.

Pourtant, elle s'envola. De plus en plus haut, jusqu'à se

trouver au bord du précipice. Puis il l'embrassa, les rapprochant davantage, la comblant comme elle l'avait exigé.

Son orgasme la submergea, la faisant basculer dans l'obscurité. Mais cette fois, elle savait que les ténèbres l'emporteraient.

Et cette fois, elle s'en réjouit.

LE CARNET DEMANDÉ

CHAPITRE 2

Le temps n'était pas l'allié de Poppy. Elle comptait les jours et suivait son cycle, toujours au fait de la date à laquelle ses menstruations devaient commencer. Et douloureusement déçue lorsqu'elles arrivaient. C'était un jeu vicieux qu'elle perdait invariablement, et elle se demandait ce qui se passerait si elle arrêtait de jouer.

Peut-être cesserait-elle d'être déçue. Peut-être se tournerait-elle vers d'autres aspects de sa vie en dehors de son incapacité à avoir un enfant.

C'était ce qu'elle aurait dû faire, mais en trouver la force et le courage était incroyablement difficile. D'autant plus qu'elle se sentait très seule.

Sauf qu'elle ne l'était pas. Pas vraiment.

Le parchemin qu'elle tenait entre ses mains, un mot de sa sœur Bianca, en était la preuve. Tout comme Gabriel. Il lui avait dit la veille qu'elle ne serait jamais seule.

Après lui avoir révélé qu'il ne partageait pas son chagrin de ne pas avoir d'enfants.

Son aveu avait creusé un trou dans son cœur. Elle avait toujours cru qu'ils étaient unis dans leur désir de concevoir, mais tout du long, il avait été soulagé qu'elle ne tombe pas enceinte. Avait-il nourri l'espoir qu'elle n'y parvienne pas ? Il s'agissait d'une nuance mineure, mais qui comptait. Pour elle, en tout cas.

Posant le billet de sa sœur, elle se leva de son bureau, situé dans le salon à l'extérieur de sa chambre à coucher, et se dirigea vers la fenêtre. La journée était grise et terne, à l'image de ce qu'elle ressentait intérieurement.

On aurait pu croire qu'elle se sentirait mieux après leurs ébats de la veille. Cela avait été une expérience extraordinaire : le côté physique, les émotions. Mais, en fin de compte, le vide était resté. Aujourd'hui, elle regrettait qu'il lui ait fait part de ses véritables sentiments. Parfois, l'ignorance était préférable.

Oh, bon sang ! Elle ne voulait pas être ignorante. Elle ne voulait pas non plus se complaire plus longtemps dans le chagrin. Il était temps, se dit-elle, incapable de retenir un rire bref et dur à ce mot, qu'elle arrête de jouer à ce jeu qu'elle ne pouvait pas gagner. Le temps, c'était précisément ce dont elle avait besoin. Il était temps d'accepter et de passer à autre chose.

Se détournant de la fenêtre, elle quitta le salon, en quête de Gabriel. Elle le retrouva en bas, dans son bureau. La porte était légèrement entrouverte, mais elle frappa doucement malgré tout.

— Entrez, dit Gabriel.

Elle poussa la porte et entra. Il lui sourit, posant son regard sur elle avec une chaleureuse approbation.

— Tu es ravissante aujourd'hui.

Elle ne lui rendit pas son sourire, et ne s'approcha pas non plus de son bureau. Elle n'était pas encore prête à parler avec lui de la nuit précédente et à mettre tout cela derrière eux. *Du temps,* se rappela-t-elle.

— Merci.

— J'espérais que nous pourrions aller faire un tour plus tard, car la journée est plutôt belle.

Il avait plu ces derniers jours.

— Je crains d'avoir déjà des projets.

Ce n'était pas vraiment le cas. Elle gagnait simplement du temps.

— Je suis venu te dire que j'assisterai à la partie de campagne de Lord Thornaby avec ma sœur jeudi.

Gabriel s'adossa à sa chaise. Il avait décliné l'invitation. Il se fichait de Thornaby et de ses amis.

— Tu es une sœur bien gentille de la chaperonner. Pourquoi diable veut-elle y aller ?

— Pour de multiples raisons. Comme tu le sais, elle est plutôt sociable. Et, comme tu le sais aussi, elle n'est pas mariée. Je suis certaine que mon frère souhaite remédier à cette situation le plus vite possible.

Gabriel ricana.

— Ton frère est un gredin.

— Parfois, oui, confirma Poppy avec un soupir. Mais il est toujours mon frère.

— Chill est toujours un crapaud, voire pire.

Chill, autrement dit, frisson, était le surnom qu'on lui attribuait depuis l'enfance, car il avait été le comte de Chilton toute sa vie, jusqu'à la mort de leur père.

— Depuis le jour où je l'ai rencontré, avant qu'il n'hérite du titre, il a toujours été une fripouille. Son évolution de séducteur désinvolte à goujat hautain était certes intéressante. Je ne comprends pas qu'on puisse changer de caractère pour faire pire. Surtout quand on a des sœurs aussi charmantes. C'est comme s'il avait été élevé par des parents différents.

— D'une certaine manière, c'est le cas, affirma-t-elle.

Elle n'était pas en désaccord avec Gabriel, mais aujourd'hui, elle ne voulait pas non plus être d'accord avec lui.

— Il a eu notre mère bien plus longtemps que moi, alors que Bianca ne l'a pas eue du tout. Calder n'a pas toujours été comme tu le décris.

— C'est ce que tu dis. Il semble qu'il ne cesse de régresser. Nous ne pouvons que nous demander à quel point il sera désagréable dans dix ans.

Un sentiment d'irritation parcourut l'échine de Poppy. Elle ne voulait pas écouter Gabriel insulter son frère, même si Calder le méritait.

— La partie de campagne dure jusqu'à samedi.

En plus de chaperonner Bianca, Poppy se disait que le temps passé loin de Gabriel pourrait l'aider. Elle pourrait même décider de rester à Hartwood avec Bianca pendant quelques jours.

Il fronça les sourcils.

— Es-tu en colère contre moi ?

Elle se mordit la langue, cherchant la bonne réponse. Elle n'était pas sûre d'avoir une réponse, d'ailleurs, bonne ou non.

— Je n'en sais rien. J'ai juste besoin… de temps, affirma-t-elle en se redressant, repoussant ses épaules en arrière. Je te l'ai dit, j'essaie de m'habituer à la déception.

Il se leva et fit le tour du bureau.

— Ce n'est pas obligé d'être comme ça…

Elle leva la main pour l'interrompre.

— Je t'en prie, non. Je préférerais ne pas t'entendre me réconforter. Il est clair que nos points de vue ne pourraient pas être plus différents.

Tournant les talons, Poppy sortit du bureau et remonta dans son salon. Elle s'avança jusqu'au bureau et répondit à Bianca, lui indiquant qu'elle l'accompagnerait à la partie de campagne de Thornaby.

Après avoir plié le parchemin, elle se leva pour l'apporter à un palefrenier qui le porterait à Hartwood. Lorsqu'elle fut en bas, elle se dit qu'elle devrait aller s'excuser auprès de

Gabriel. Il essayait de la soutenir, même s'il était soulagé que ses rêves ne se réalisent pas.

Elle tressaillit en songeant à cette description. C'était précisément leur situation.

La cicatrisation de cette blessure prendrait du temps. Néanmoins, elle ne devait pas se montrer hostile à ses efforts.

Tenant toujours la lettre, elle retourna dans son bureau pour s'excuser. Mais il n'était pas là, alors elle se mit en quête du majordome et lui demanda s'il savait où Gabriel était parti.

— Faire un tour à cheval, my lady, répondit Walker. Il est parti il y a quelques instants seulement, si vous voulez le rattraper.

— Merci, Walker. Pourriez-vous faire porter cette lettre à Hartwood, s'il vous plaît ?

Il hocha la tête.

— Tout de suite.

Poppy s'empressa d'aller chercher sa cape, son chapeau et ses gants avant de se précipiter vers les écuries. Presque aussitôt, elle se rendit compte qu'elle aurait dû mettre des bottes, mais elle n'avait pas l'intention de rester longtemps dehors, et elle n'allait pas loin.

Elle se hâta à grands pas vers les écuries et aperçut Gabriel à pied. Mais il bifurqua et s'engagea à droite sur un sentier qui menait à l'une des routes du domaine.

Poppy le suivit, mais n'essaya même pas de le rattraper : il marchait trop vite pour elle. Elle ferait de son mieux pour le garder en vue, et lorsqu'il s'arrêterait, elle le rejoindrait.

Ils continuèrent ainsi pendant un certain temps, et elle se demanda pourquoi il marchait au lieu de prendre son cheval. Avait-elle ruiné ses projets en déclinant son offre ?

Il s'approcha d'un cottage. De la fumée s'échappait de la cheminée, et une femme se tenait à l'extérieur. Poppy essaya de se rappeler qui vivait là, mais n'y parvint pas. En fait, si on avait insisté, elle aurait soutenu que, pour elle, la maison était inoccupée.

Manifestement, ce n'était pas le cas.

Gabriel se dirigea à grands pas vers la femme et s'arrêta devant elle. Elle leva le nez, et Poppy la reconnut pour l'avoir vue à Hartwell House. Mme Armstrong l'avait recueillie lorsqu'elle était plus jeune.

Pourquoi se trouvait-elle au cottage ? Et pourquoi Gabriel allait-il la voir ? Un sentiment de malaise noua le ventre de Poppy.

Judith éclata d'un rire chaud et doux que le vent porta jusqu'à elle. Gabriel se joignit à elle. La jalousie transperça la poitrine de sa femme, et elle se dit qu'elle était ridicule. Mais il toucha le bras de Judith, qui se retourna et l'entraîna dans le cottage.

Poppy aurait dû aller les confronter, mais elle était comme enracinée dans le sol. Une dizaine de possibilités tournaient dans son esprit, mais elle en revenait toujours à une seule : ils avaient une liaison.

Les racines se libérèrent, et Poppy se mit en route vers le cottage. À chaque pas, le nœud dans son ventre se resserrait.

Arrivée à la porte, elle se figea ; sa détermination faiblissait. Qu'allait-elle faire ? Si Gabriel avait effectivement une liaison, ce serait une confrontation très laide et gênante. Cela signifiait-il qu'elle devait s'en aller ?

Non, elle n'endurerait pas cela en plus du reste. Elle leva la main et frappa bruyamment à la porte. Un instant plus tard, Gabriel lui ouvrit, écarquillant les yeux lorsqu'il la vit debout à l'extérieur.

— Poppy ?

— Qu'est-ce qui se passe ici ?

Elle n'avait pas eu l'intention de le demander avec autant de force ou d'indélicatesse, mais elle était à bout de patience.

Poussant la porte pour entrer, elle balaya la petite pièce principale du regard.

— Où est Judith ?

La jeune femme arriva depuis l'arrière du cottage. Elle
replaça une mèche de cheveux blonds derrière son oreille.

— Lady Darlington !

Gabriel et Judith se regardèrent, ce qui leur donna un air
de coupables ou de conspirateurs. Poppy croisa les bras.

— Judith, pourquoi n'êtes-vous pas à Hartwell House ?

— Je…

Gabriel l'interrompit.

— Elle est ici pour s'occuper d'une femme, parce qu'il n'y
avait plus de lits à Hartwell House. Plutôt que de laisser
Mme Armstrong céder le sien, j'ai insisté pour que cette
femme séjourne dans le cottage vide. De plus, elle est souf-
frante, et, de cette manière, elle ne peut pas transmettre sa
maladie à quelqu'un d'autre.

— À l'exception de Judith, remarqua Poppy en pinçant les
lèvres. Et de toi, apparemment.

— Qui est là ? s'écria une voix féminine depuis la pièce à
l'arrière de la maison.

Une quinte de toux s'ensuivit. La personne qui se trouvait
là était vraiment malade. Alors, il n'y avait aucune liaison.
Poppy se sentait idiote de l'avoir même imaginé : Gabriel
n'était pas ce genre de mari.

— Doux Jésus ! s'exclama-t-elle en passant devant son
mari et Judith pour se rendre dans l'unique chambre.

La femme dans le lit s'efforça de s'asseoir, mais Poppy se
figea à la vue de son ventre arrondi. S'obligeant à prendre
une grande respiration, elle s'approcha.

— Laissez-moi vous aider.

Elle saisit le bras de la femme et glissa l'autre main
dans son dos pendant qu'elle se redressait contre la tête
de lit.

— Qui êtes-vous ? s'enquit la malade, plissant les yeux en direction de Poppy.

— Voici Lady Darlington, mon épouse, annonça Gabriel en entrant dans la chambre, Judith sur les talons. Poppy, voici Dinah Kitson. Comme tu peux le constater, elle est enceinte, et malade. Elle s'est présentée à Hartwell House, mais Mme Armstrong n'avait plus de place pour elle. Je lui ai proposé de rester ici et Judith s'est portée volontaire pour venir prendre soin d'elle jusqu'à l'arrivée du bébé.

Poppy tourna la tête vers lui.

— Depuis combien de temps est-elle ici, et pourquoi ne me l'as-tu pas dit ?

La mâchoire de Gabriel se crispa, et son regard se porta sur le lit.

— Seulement depuis hier. Tu étais très occupée.

Sauf que ce n'était pas vrai, pas vraiment, et qu'il le lui avait fait remarquer la veille au soir. Ce qui signifiait qu'il lui avait volontairement caché cette information. Parce que Dinah était enceinte.

Elle reporta son attention sur la jeune femme.

— Peut-être devriez-vous venir séjourner dans notre maison pour que je puisse m'occuper de vous. Judith pourrait alors retourner à Hartwell House, où l'on a besoin d'elle.

Poppy imaginait bien que maintenant Mme Armstrong était à court de personnel. Et elle-même avait évité de s'y rendre. Soudain, elle se sentit très égoïste.

— Et si elle rendait tout le monde malade ? s'enquit Gabriel, qui n'avait pas tort.

— Très bien, mais je peux venir ici pour m'occuper d'elle afin que Judith puisse repartir, proposa Poppy.

Gabriel s'approcha d'elle et lui serra doucement le coude, puis l'entraîna hors de la pièce.

— Poppy, je ne veux pas que tu tombes malade.

Elle dégagea son bras de son emprise.

— Tu ne peux pas me protéger de tout. Cette femme a besoin d'aide, et Mme Armstrong a besoin de Judith.

— Mme Armstrong ne voyait aucun inconvénient à ce que Judith vienne ici. De toute façon, cela ne durera pas très longtemps. Dinah montre déjà des signes d'amélioration après avoir pris des médicaments, et elle devrait accoucher d'ici peu de temps.

Encore ce mot.

Le regard de Gabriel était froid.

— Puisque tu te préoccupes à ce point de Mme Armstrong, peut-être devrais-tu recommencer à aller à Hartwell House.

— J'en ai l'intention. Après la partie de campagne. En attendant, je vais m'assurer que Dinah est bien installée. Le médecin devrait venir la voir.

— Il sera là demain, répondit Gabriel.

Les muscles de sa mâchoire se contractèrent. Il baissa la voix.

— Poppy, je ne voulais pas t'exposer à elle.

— Parce qu'elle est malade ? s'enquit la jeune femme innocemment, sachant pertinemment qu'elle était en train d'attiser sa colère, sans pouvoir s'en empêcher pour autant.

— Tu sais pourquoi. Tu l'as dit tout à l'heure, tu essaies de t'habituer à la déception.

— Oui, c'est ce que j'ai dit. Étrangement, je pense qu'aider Dinah et retourner à Hartwell House est exactement ce dont j'ai besoin.

Oui, se consacrer aux autres lui ferait passer le temps. Et peut-être que ce dernier cesserait d'être son ennemi.

— Si c'est ce que tu crois, lui dit-il, mais il ne semblait pas convaincu.

Mais cela ne dépendait pas de lui.

— Oui. Maintenant, laisse-moi m'assurer que notre patiente est à l'aise. Ensuite, nous devons nous préparer à accueillir l'enfant.

L'idée d'avoir un bébé à charge, ne serait-ce que pour un temps, remplissait Poppy de joie. Gabriel fronça les sourcils, et sa femme se détourna pour ne pas voir son inquiétude. Elle repartit dans la chambre, vers la femme qui l'avait enfin sortie du gouffre de son chagrin.

Elle retira son chapeau et sourit à Dinah.

— Je suis vraiment ravie que vous soyez venue. Puis-je vous apporter quelque chose ?

~

Cela ne se passait pas comme Gabriel l'avait prévu.

Il se tenait dans le coin de la pièce pendant que Poppy consultait Dinah et Judith au sujet des couvertures et des oreillers supplémentaires qu'il fallait ramener de la maison.

— Et des livres ? demanda Poppy.

Dinah parut soudain... timide. Ce n'était pas un adjectif que Gabriel aurait pensé lui attribuer un jour.

— J'aime les livres sur la nature, si vous en avez. Et peut-être des pièces de théâtre ?

Poppy hocha la tête, puis se tourna vers Judith.

— Avant que je ne parte, dites-moi ce que je peux apporter pour compléter votre cuisine. De la nourriture, des ustensiles, tout ce dont vous avez besoin.

— Merci, my lady.

Judith énuméra quelques articles, et Poppy lui annonça qu'elle les lui ferait livrer avant la fin de la journée.

Quelques minutes plus tard, Gabriel et elle s'en allèrent. Il avait l'impression d'être emporté dans un tourbillon. C'était excitant de voir Poppy si impliquée, mais aussi frustrant, car il ne pouvait pas accomplir son objectif de parler à Dinah au sujet de son bébé.

Et il était hors de question qu'il le fasse devant sa femme.

Et si Dinah rejetait d'emblée sa proposition ? Et si elle l'acceptait, puis changeait d'avis ? Si Dinah décidait de leur confier son bébé, à Poppy et à lui, Gabriel voulait être certain que cela se ferait. Aussi certain qu'il pouvait l'être, en tout cas.

Alors qu'ils quittaient le cottage, Gabriel regarda sa femme. Les traits de son visage étaient incroyablement délicats, de l'arc de ses pommettes à l'inclinaison de son nez, mais la plénitude généreuse de ses lèvres ancrait l'ensemble. Elle semblait sereine, ses yeux bleu ardoise tournés vers l'avant, ses boucles sombres effleurant sa tempe. Il s'émerveillait de voir à quel point sa beauté était encore capable de faire s'arrêter son cœur, puis de l'accélérer avant qu'il ne prenne son envol.

Mais que se passait-il derrière cette façade tant aimée ? Était-elle toujours en colère contre lui ? Au vu de l'irritation qu'elle avait manifestée plus tôt dans son bureau, il avait pensé que c'était le cas. Puis elle s'était présentée à la porte du cottage, et avait paru encore plus en colère.

— Comment se fait-il que tu sois venue au cottage ? l'interrogea-t-il.

— Je t'ai suivi. Je suis allée dans ton bureau pour m'excuser d'avoir été sèche avec toi, mais Walker m'a informée que tu étais parti faire une promenade à cheval, expliqua-t-elle, lui jetant un rapide coup d'œil. Il est clair que ce n'était pas le cas.

Elle semblait toujours agacée.

— J'ai changé d'avis, dit-il, décidant qu'il valait mieux mettre les choses au clair entre eux. Qu'as-tu cru quand tu es arrivée au cottage ?

— Je me demandais pourquoi tu venais ici pour rencontrer Judith. Et je me suis également demandé pourquoi elle n'était pas à Hartwell House. En vous voyant tous les deux ensemble…

Elle pinça les lèvres et sa mâchoire se crispa.

Ils venaient de s'engager sur une route étroite. Il s'arrêta, lui serra doucement l'avant-bras et se tourna vers elle.

— Tu croyais que je la retrouvais pour un rendez-vous clandestin ?

Elle pivota à son tour pour lui faire face, sourcils froncés.

— Je ne savais pas quoi penser. Et comme tu ne m'avais pas dit qu'elle était ici, et que tu ne m'avais pas parlé non plus de Dinah, il fallait que je pose la question.

Il lui lâcha le bras.

— Je suis désolé de ne pas te l'avoir dit. Je voulais aider Mme Armstrong. Après hier soir et ce que tu m'as dit, je craignais que la présence de Dinah ne te perturbe.

Elle soutint son regard un long moment, le visage tendu.

— J'aurais aimé que tu me le dises tout de suite, mais je comprends pourquoi tu ne l'as pas fait.

Gabriel s'avança, réduisant la distance qui les séparait. Il prit son visage entre ses mains, caressant sa pommette avec son pouce.

— Je n'aurais jamais de liaison. Tu dois savoir qu'aucune autre femme ne pourrait m'éloigner de toi.

Le désir le submergea. Il voulait lui montrer la vérité de ses mots, à quel point il la désirait. À quel point il avait besoin d'elle. À quel point il l'aimait. Il abaissa sa bouche jusqu'à la sienne, glissant sa main sur sa nuque pour la tenir fermement pendant qu'il l'embrassait.

Il se tendit en attendant sa réaction… Elle ne s'éloigna pas. Ses mains enserrèrent doucement sa taille, et elle bascula la tête pour coller ses lèvres aux siennes.

Subjugué, il approfondit le baiser, glissant sa langue contre celle de sa femme. Elle répondit avec ardeur, plongeant ses doigts dans ses flancs. Il s'avança et elle glissa les mains dans le dos de Gabriel, l'attirant contre elle. Son membre se dressa, durcit. Il voulait s'assurer qu'elle sache…

Il éloigna ses lèvres de celles de Poppy et lui prit la main. Sans un mot, il regarda autour de lui, puis repartit dans la direction d'où ils étaient venus, vers un groupe d'arbres qui leur offrirait au moins un minimum d'intimité.

Lorsqu'il s'éloigna de la route en direction des arbres, elle s'arrêta.

— Où allons-nous ?

Il inclina la tête.

— Là.

Elle le regarda comme s'il était fou.

— Pourquoi ?

Il l'attira contre lui.

— Parce que je veux que tu saches que tu es la seule pour moi. Maintenant et pour toujours.

Il l'embrassa à nouveau, mais sans ménagement. Il s'empara de sa bouche, faisant s'entrechoquer leurs lèvres, leurs langues et leurs dents.

Elle s'écarta, haletante.

— Je ne porte pas de bottes, et le sol...

L'embrassant à nouveau, il n'attendit pas qu'elle termine. Il la souleva dans ses bras et la porta derrière les arbres pour qu'ils ne soient pas visibles depuis la route. Elle enroula ses bras autour de son cou tandis qu'il scrutait les environs. L'un de ces arbres présentait un large réseau de racines découvertes.

Il la déposa sur l'une d'elles, le dos contre l'arbre.

— Tu n'es pas obligé de faire ça, lui dit-elle.

Il remonta sa main sous la cape de Poppy et passa son pouce sur son sein. Il lui était impossible de sentir son mamelon sous ses vêtements. Il prit le sein dans sa main et le serra doucement.

— Je crois que si. Je veux dissiper toutes les questions que tu pourrais te poser.

Il la regarda droit dans les yeux. Ses pupilles commençaient à se dilater.

Il pencha la tête pour l'embrasser dans le cou, juste sous l'oreille. Léchant sa chair, il descendit le long de sa gorge, puis maudit sa cape.

— Tu es à moi, et je suis à toi.

Il la mordilla et la suçota, la faisant crier.

Relevant la tête, il posa sur elle un regard empli de désir pur.

— Dis-moi d'arrêter. Si c'est ce que tu veux.

Elle secoua la tête. Puis elle posa la main sur son cou et fit glisser son pouce sur la bouche de Gabriel.

— Ne t'arrête pas.

Il aspira son doigt entre ses lèvres. Elle ferma les yeux et gémit doucement, basculant sa tête en arrière. Avec un faible grognement, il l'embrassa encore, cette fois avec un désir sauvage et désespéré. Elle plongea les doigts dans sa chair, et il regretta qu'elle porte des gants. Ou quoi que ce soit d'autre.

Ses gants à lui allaient être une véritable plaie. Il les retira rapidement, puis souleva l'ourlet de la jupe de Poppy. Attraper les différentes couches de ses vêtements lui demanda un effort, mais il réussit à les rassembler au niveau de sa taille.

Elle haleta dans sa bouche, se retirant légèrement.

— Froid.

— Je vais te réchauffer.

Il remonta sa main le long de sa cuisse, puis trouva son sexe. Elle était si mouillée ! Alors qu'il plongeait son doigt dans sa chaleur, il se réjouit d'avoir abandonné ses gants. Poppy remua les hanches, l'attirant plus profondément tandis qu'elle s'accrochait à ses épaules.

C'était de la folie, mais il avait dépassé le stade de la pensée rationnelle.

— Tiens tes jupes, gronda-t-il en se retirant d'elle, s'efforçant de détacher son pantalon.

Elle fit ce qu'il lui demandait.

— Dépêche-toi.

Elle souleva une jambe et l'enroula autour de ses hanches, ce qui ne fit que rendre les choses encore meilleures.

Il libéra son membre et se pressa contre son sexe. Elle relâcha sa robe et s'accrocha à la hanche de Gabriel, le tirant plus près. Il s'enfonça en elle, et le gémissement de Poppy emplit l'air d'une promesse érotique.

Agrippant ses fesses, il la souleva.

— Enroule tes deux jambes autour de moi et ne me lâche pas.

La bloquant entre son corps et le large tronc, il pria pour que cela fonctionne et qu'ils ne tombent pas par terre dans un enchevêtrement disgracieux. Mais au deuxième coup de reins, il se rendit compte que cela ne durerait pas très longtemps. Le plaisir l'envahit et les muscles de sa femme commençaient déjà à se contracter autour de lui. Lâchant prise, il s'enfonça en elle tandis qu'un sentiment irrésistible de passion et de possessivité s'emparait de lui.

Il fixa son visage extasié.

— Regarde-moi.

Elle ouvrit ses yeux, dont le bleu gris était couvert d'une brume de désir séduisant.

— Tu es à moi et je suis à toi, dit-il. Répète-le.

— Tu es à moi, et je suis à toi.

Il s'enfonça profondément, détestant son utérus à cet instant, ou son membre, quel que soit ce qui empêchait Poppy de réaliser son rêve. Même si c'était un rêve qui l'effrayait.

— Maintenant et pour toujours.

Elle posa une main sur son visage.

— Maintenant et pour toujours, répéta-t-elle.

Elle battit des paupières et ses longs cils noirs effleurèrent ses joues lorsqu'elle ferma les yeux.

— De préférence *maintenant*.

Ses muscles intimes se contractèrent férocement autour de lui et ses cris fendirent l'air. Il grogna puis cria à son tour lorsqu'il jouit en elle. Ils s'accrochèrent l'un à l'autre, comme si la puissance de leur orgasme allait provoquer ce qu'il craignait et les précipiter à terre.

Il enfouit son visage dans le cou de Poppy, respirant son doux parfum de miel. Elle serra Gabriel contre elle ; ses mains étaient une ancre puissante pour son corps tremblant.

La ramenant doucement au sol, il se retira d'elle et aspira de grandes bouffées d'air. Ses jupes retombèrent entre eux, et elle s'adossa à l'arbre, prenant de grandes respirations.

Pendant qu'il refermait son pantalon, elle se détourna de lui et prit le temps de s'arranger. Lorsqu'elle lui fit face à nouveau, elle était redevenue cette beauté sereine qui avait quitté le cottage. Son amante sauvage et ardente n'était plus là.

La tension s'installa à nouveau entre eux, et il commença à se demander si elle disparaîtrait un jour.

Circonspect, il lui demanda :

— Qu'est-ce qui ne va pas ? Es-tu toujours contrariée pour Judith et Dinah ?

— La satisfaction sexuelle ne résout rien.

— Je ne suis pas de cet avis, répondit-il en se sentant extrêmement satisfait, avant de redevenir sérieux. Je suis désolé de ne pas te l'avoir dit.

— Merci, dit-elle.

Elle pinça les lèvres et les aspira brièvement avant de soupirer.

— Il me faut un peu de temps pour me faire à ce que tu m'as dit hier soir. Ne pas avoir d'enfant a été… *est* incroyablement douloureux pour moi. Apprendre que cela ne l'est pas pour toi, que tu es satisfait de ne pas avoir d'enfant, c'est aussi douloureux. J'ai… j'ai besoin de temps.

Il esquissa un léger sourire.

— Nous avons l'éternité.

Elle ne sourit pas, mais elle ne se renfrogna pas non plus.

— Oui, c'est vrai.

Il lui offrit son bras et fut ravi qu'elle le prenne pour le retour à la maison.

— « Satisfait » n'est pas le bon mot. Ce n'est pas que je ne veuille pas d'enfants, d'autant plus que je sais quelle merveilleuse mère tu serais.

Elle se raidit et il regretta de l'avoir dit. En fait, non. Il ne regrettait pas. C'était la vérité. Et s'il y avait une chose qu'il avait apprise ces derniers jours, et aujourd'hui, c'était qu'il devait toujours lui dire la vérité, même quand c'était douloureux.

Pendant plusieurs minutes, ils marchèrent en silence. Il se demandait ce qui se passait dans son esprit. Sa mélancolie reprenait-elle le dessus, ou était-elle concentrée sur Dinah ? Peut-être pouvait-il l'aider avec cette dernière, même s'il ne souhaitait pas particulièrement qu'elle s'implique auprès de cette femme. À bien y réfléchir, peut-être était-ce pour le mieux. Peut-être Dinah offrirait-elle le bébé à Poppy.

Et lui devrait sans doute se consacrer à réparer le fossé qui se creusait entre sa femme et lui.

— Combien de temps te faut-il ? lui demanda-t-il doucement.

— Je ne sais pas. Nous en reparlerons à mon retour de Thornhill.

Gabriel détestait le terrain accidenté qui les séparait, mais il était conscient de ne pas pouvoir l'aplanir à lui seul. Il allait devoir se montrer patient. Il ne pouvait rien faire d'autre.

CHAPITRE 3

*L*e lendemain, après le départ de Gabriel pour Hartwell House, Poppy se rendit à pied au cottage.

Elle apportait un panier de biscuits préparés par la cuisinière et une pièce de théâtre qui, elle l'espérait, plairait à Dinah.

Même si Judith lui avait dit la veille qu'elle n'était pas obligée de frapper, Poppy le fit malgré tout. Quelques instants plus tard, Judith répondit.

— Vous n'avez pas à….

— … frapper, je sais. Mais je ne pense pas pouvoir me défaire de cette habitude. J'ai apporté des biscuits de la cuisinière.

Elle tendit le panier à Judith en entrant dans la maison.

— Comme c'est gentil de votre part ! s'exclama Judith, jetant un œil dedans. Qu'y a-t-il d'autre ?

— Une pièce de théâtre. Je me disais que je pouvais faire la lecture à Dinah, si elle est d'accord.

Les sourcils clairs de Judith s'arquèrent brièvement.

— Elle est un peu désagréable depuis la visite du Dr Fisk.

— Oh, il est déjà venu ?

Poppy avait espéré être présente à son arrivée.

Judith hocha la tête.

— Il lui a demandé de se reposer le plus possible, si bien que la pièce, qu'elle vous permette de la lire ou non, ne serait pas une mauvaise idée. Il lui a également laissé une concoction au chardon pour l'aider à lutter contre la toux. J'étais sur le point d'en faire du thé. Je peux vous en préparer une tasse, sans le médicament, bien sûr, ajouta-t-elle avec un sourire.

— Merci. Je reviendrai pour la pièce si les choses s'arrangent, dit-elle, adressant un clin d'œil à Judith avant de se rendre dans la chambre.

— Bonjour, Dinah, dit-elle avant de franchir le seuil, pour l'avertir de son arrivée.

Perchée sur le bord du lit, Dinah, ses cheveux blond foncé relevés sur sa tête à l'exception de quelques mèches qui frôlaient le côté gauche de son visage, grogna en guise de réponse.

— Vous allez quelque part ? lui demanda Poppy.

— Jusqu'au fauteuil seulement. Je ne peux pas rester dans ce lit tout le temps.

— Bien sûr que non. Avez-vous besoin d'aide ?

En silence, Dinah posa sur elle un regard noir en guise de réponse. Poppy se mordit la lèvre inférieure, de peur de dire quelque chose ; puis elle se tourna pour pendre sa cape et sa coiffe à un crochet.

Lorsqu'elle pivota à nouveau, Dinah était en train de s'installer sur le fauteuil, abaissant lentement sa frêle silhouette, de sorte qu'elle paraissait bien plus âgée que ses vingt ans. Elle tourna son ventre rond vers la cheminée, qui se trouvait entre cette chambre et la pièce principale où Judith préparait le thé.

Poppy retira ses gants et les rangea dans la poche de sa cape. Comme il n'y avait qu'un seul fauteuil, elle se dirigea vers le banc étroit qui se trouvait au bout du lit et le rapprocha de la cheminée pour s'asseoir à côté de la jeune femme.

— Comment vous sentez-vous aujourd'hui ? lui demanda-t-elle pour faire la conversation.

— Ça va.

— J'ai apporté des biscuits et Judith prépare du thé.

Dinah plissa les yeux.

— Quel genre de biscuits ?

— Citron, annonça-t-elle, et un éclat jaillit dans les yeux de Dinah. Vous aimez le citron ?

Elle cilla pour chasser la lueur d'intérêt, et la femme stoïque revint.

— Oui.

— Vous avez déjà mangé des biscuits au citron, je suppose ?

— Quelques fois.

Poppy avait tenté de recueillir des informations auprès de Dinah sur son passé, en particulier sur les circonstances qui avaient mené à son état. Elle n'était pas mariée, elle l'admettait sans mal.

— Savez-vous comment les préparer ?

Dinah secoua la tête.

— La cuisinière disait que ce n'était pas compliqué, indiqua-t-elle, écarquillant brièvement les yeux, avant de tourner un visage renfrogné vers le feu.

Judith entra avec un petit plateau sur lequel se trouvaient leurs deux tasses de thé et une assiette de biscuits. Elle regarda autour d'elle, se demandant visiblement où poser son fardeau.

Poppy tapota l'espace vite sur le banc à côté d'elle.

— Posez le plateau ici. Merci, Judith.

Après avoir déposé les boissons, Judith s'en alla. Poppy prit l'assiette et la tendit à Dinah avec un sourire.

— Et voilà.

La jeune femme tendit timidement la main pour prendre un biscuit, le regard toujours aussi méfiant, comme si elle s'attendait à ce que Poppy lui arrache la friandise des doigts. Elle en mordit un bout, et son expression se détendit. Elle arborait une expression joyeuse que la marquise ne lui avait encore jamais vue.

— Je vais demander à la cuisinière d'en préparer une autre fournée, proposa Poppy avant de prendre un biscuit à son tour et de reposer l'assiette.

— Oui, s'il vous plaît, dit Dinah avant d'avoir avalé. Ils sont délicieux.

— Je suis heureuse qu'ils vous plaisent. La cuisinière dont vous avez parlé… était-ce la vôtre ?

Poppy ne le pensait pas, mais elle ne voulait pas faire de suppositions.

Dinah rit en attrapant un autre biscuit par-dessus le bras du fauteuil.

— Non, ma mère faisait toute la cuisine quand j'étais jeune. Jusqu'à ce que j'aille travailler dans l'arrière-cuisine du…

Elle s'interrompit pour prendre une bouchée de biscuit. Poppy prit sa tasse de thé.

— Vous étiez fille de cuisine ?

— Pendant quelques années.

Elle continua à grignoter son biscuit.

— Vous aimez cela ?

— Pas particulièrement. J'ai été soulagée d'être promue femme de chambre.

Mais ensuite, elle était tombée enceinte. Poppy se demandait qui était responsable et pourquoi cet idiot ne l'avait pas épousée.

— Avez-vous quitté votre poste lorsque vous êtes tombée enceinte ? s'enquit-elle doucement.

— En quelque sorte.

Sa réponse était laconique, et la fureur brûlait au fond de son regard.

— Ils vous ont chassée ? s'enquit Poppy d'une voix douce en voyant le regard noir de Dinah dirigé vers le feu. À cause du bébé ?

La jeune femme reporta son regard furieux sur la marquise.

— Ce n'était pas ma faute. Mon employeur m'a forcée, et il a dit que je perdrais mon emploi si je ne le laissais pas faire.

La rage qui irradiait de Dinah fit des étincelles chez Poppy et l'enflamma.

— Qui a fait ça ? gronda-t-elle d'une voix grave où transparaissait sa fureur.

La femme enceinte contracta la mâchoire et s'empara brusquement de sa tasse de thé, faisant couler des gouttes sur le banc et le sol.

— Cela n'a pas d'importante.

— Bien sûr que si !

Poppy voulait se confronter elle-même à cet homme.

— Et que feriez-vous ? lui demanda Dinah, haussant un sourcil blond foncé.

Laissant retomber ses épaules, Poppy se renfrogna. Parfois, le seul fait d'être une femme était source d'un sentiment d'impuissance totale. Si elle avait été un homme, elle aurait au moins pu affronter cette fripouille. Elle se tourna vers Dinah, le regard empreint de compassion.

— Je suis désolée.

— Je suis rentrée chez moi, mais mes parents ne voulaient pas de moi non plus. Une voisine m'a recueillie jusqu'à ce que tout le monde commence à la fuir.

Dinah renifla puis toussa. Il lui fallut un moment pour maîtriser ses spasmes, mais pas aussi longtemps qu'à son arrivée. Elle but une gorgée de son thé avant de reposer sa tasse.

— Je ne veux pas du bébé. Il n'est rien d'autre qu'un fardeau pour moi.

Poppy la regarda fixement. Elle ne voulait pas de l'enfant ?

— Vous ne le pensez pas. Un enfant est un cadeau.

Dinah cilla en la regardant.

— Qu'est-ce que ce pauvre diable m'a apporté si ce n'est le chagrin et la pauvreté ? J'ai perdu mon travail, mon logement. Je n'ai aucune perspective d'avenir.

L'entendre parler de l'enfant de cette façon lui fendait le cœur, et pourtant elle comprenait le point de vue de la femme. L'homme et l'enfant qui en résultait l'avaient privée du peu de choix qu'elle avait.

— Hartwell House est l'endroit qu'il vous faut. Mme Armstrong aide les femmes comme vous.

Dinah afficha un air de défi.

— Il n'y a pas de place.

— Nous en ferons, affirma Poppy, déterminée à aider cette femme. Lorsque le bébé sera assez grand, vous pourrez reprendre du service. Peut-être pourrons-nous même vous engager ici, à Darlington Abbey.

Dinah secoua vigoureusement la tête.

— Non. Je ne travaillerai plus jamais en tant que domestique.

Poppy ne pouvait pas lui en vouloir, même si elle savait que ce serait différent si elle était employée ici.

— Vous seriez en sécurité à Darlington Abbey. Et vous pourriez avoir votre bébé.

Poppy n'était pas sûre de savoir comment ils s'y prendraient, mais ils le feraient. Elle se voyait s'occuper elle-même de l'enfant, et la douleur qui en résultait était puissante… et dangereuse. Elle la refoula.

— J'ai dit *non* !

Dinah étouffa une toux et prit un autre biscuit qu'elle enfourna dans sa bouche.

Poppy tressaillit intérieurement. Elle ne voulait pas contrarier Dinah ni lui déclencher une quinte de toux.

— Très bien, alors. Vous pourriez apprendre un métier à Hartwell House. Peut-être la couture.

— Je ne veux pas coudre. Ni cuisiner. Ni nettoyer.

Elle serra les dents. Poppy était parfaitement consciente que cette pauvre femme se sentait prise au piège. Elle se tourna vers Dinah et se pencha.

— Qu'avez-vous envie de faire ?

Le feu qui animait le regard de Dinah s'amenuisa. Elle baissa les yeux sur son ventre.

— Vous allez rire.

— Je n'en ferai rien. Je vous le promets.

— Depuis que je suis toute petite, je veux être actrice.

Sa voix était devenue douce et timide. Elle leva les yeux, puis les détourna rapidement vers un point situé derrière Poppy.

— Mon père m'a emmenée une fois voir une troupe itiné-rante. Les acteurs étaient si beaux ! Et ils racontaient une histoire tellement magique…

Elle donnait l'impression d'être de retour à cet instant précis, de revivre ce moment.

— Qu'est-ce que c'était ? s'enquit Poppy, enchantée par la rêverie de Dinah.

Celle-ci cligna des yeux et la regarda.

— Je ne m'en souviens pas, mais je crois que c'était du Shakespeare. C'était l'histoire d'une reine des fées, d'un roi, et d'amants.

Elle expira en souriant, et Poppy lui sourit à son tour.

— On dirait *Le Songe d'une nuit d'été*.

— C'était fantastique. Je voulais être une fée. Puis j'ai réalisé qu'elles n'existaient pas, et que je devrais devenir actrice pour faire semblant d'en être une, expliqua-t-elle, posant une main sur son ventre. Je ne vois pas comment je pourrai le faire maintenant. C'était un rêve idiot.

— Non, pas du tout. Les rêves ne sont pas idiots, et vous ne devriez pas abandonner.

Elle songea à son propre rêve, qui ne se réaliserait jamais, et son regard dériva sur le ventre de Dinah. *Tu ne devrais pas abandonner.* Pour elle, c'était différent : elle ne pouvait pas tomber enceinte, quels que soient ses efforts, ses prières ou ses souhaits. Cependant, elle pouvait réaliser son rêve d'une autre manière. En face d'elle se trouvait une femme qui disait ne pas vouloir de son bébé…

— Y a-t-il un bon orphelinat dans le district ? s'enquit Dinah, interrompant les pensées égoïstes de Poppy.

Un orphelinat ? Alors, Poppy pourrait se porter volontaire pour élever l'enfant… *Non.*

— Je l'ignore, mais je ne pense pas que vous devriez envisager cette solution. Je sais que cela vous semble insurmontable aujourd'hui, mais ensuite, vous aurez votre bébé, et vous verrez son visage, et… vous changerez d'avis. Vous tomberez instantanément amoureuse.

Du moins, c'était ainsi que Poppy imaginait les choses. Ses poumons se contractèrent et elle lutta pour respirer.

— Je ne peux pas l'imaginer, dit Dinah.

— Cela ne veut pas dire que cela n'arrivera pas. Donnez-vous, ainsi qu'à l'enfant, une chance. Ne mérite-t-il pas de connaître sa mère ?

Dinah prit sa tasse et but une gorgée de thé.

Poppy profita de son silence pour continuer à la persuader.

— Vous pourriez rester à Hartwell House, peut-être même pendant quelques années, jusqu'à ce que le bébé soit un peu plus âgé. Vous pourriez apprendre un métier, quelque chose à faire pendant que vous essayez de devenir actrice, poursuivit-elle.

La marquise ignorait la manière dont elle pouvait s'y prendre, mais elle était déterminée à encourager cette jeune femme à qui on avait tant volé.

— Vous pourriez passer du temps à lire des pièces de théâtre. Peut-être même que vous pourriez organiser une pièce avec les enfants d'ici.

Les yeux de Dinah s'écarquillèrent d'horreur.

— Organiser une pièce avec des enfants ? Est-ce même possible ?

Un petit rire échappa à Poppy qui plaqua une main sur sa bouche. C'est alors qu'une chose remarquable se produisit : Dinah se mit à rire à son tour.

Après un long moment, leurs rires s'estompèrent, et la jeune fille bâilla.

— Vous devriez dormir un peu, proposa la marquise en se levant.

Elle récupéra le plateau sur le banc, et Dinah attrapa le dernier biscuit en souriant.

— Je reviens tout de suite pour vous aider à vous mettre au lit.

Poppy rapporta la vaisselle à Judith dans l'autre pièce. Lorsqu'elle revint, la femme enceinte était déjà au lit, la couverture remontée jusqu'au menton.

— Apparemment, vous n'avez pas besoin de moi.

Dinah lui jeta un regard timide.

— Merci. Personne ne m'a jamais fait sentir que je comptais ou que je pouvais espérer quelque chose, dit-elle avant de secouer la tête. Oubliez ça.

Poppy lui adressa un sourire bienveillant.

— Je comprends. Bien sûr que vous comptez, surtout pour ce bébé que vous portez. J'espère que vous réfléchirez à ce que j'ai dit.

Fermant les yeux, la jeune fille ne répondit pas. Poppy resta debout là, un moment, se demandant ce qu'elle pourrait dire pour apaiser la douleur de cette femme ; mais certaines parties du voyage étaient solitaires. Elle était en train de l'apprendre alors qu'elle-même cherchait à retrouver son chemin vers là où était sa place. Là où elle voulait être. Entière et heureuse.

Elle se tourna pour saisir sa cape et sa coiffe, puis elle sortit de la pièce sur la pointe des pieds. Dans la pièce principale, elle coiffa son chapeau et passa son manteau sur ses épaules.

— Est-elle endormie ? s'enquit Judith en l'aidant à mettre sa cape.

— Merci, dit Poppy. Oui.

Elle ferma la cape, puis noua le ruban de sa coiffe sous son menton.

— J'ai entendu ce que vous lui avez dit. Vous êtes une personne au grand cœur, my lady.

Judith ne dirait peut-être pas la même chose si elle pouvait deviner les pensées de Poppy. Elle avait envie de se montrer incroyablement égoïste, et si la moindre occasion se présentait… Pourquoi ne l'avait-elle pas saisie ? Plus important encore, à quel point regretterait-elle de ne pas avoir tourné la situation à son avantage, de n'avoir pas fait ce qu'elle avait conseillé à Dinah, à savoir poursuivre son rêve ?

Peut-être n'aurait-elle pas à le faire. Dinah semblait bien décidée à ne pas élever son enfant. Ce serait si facile, et même bienvenu de lui proposer une autre solution. Mais Poppy ne voulait pas en profiter. Dinah était la mère de cet enfant, et la marquise ferait tout son possible pour qu'ils restent ensemble.

~

*L*e soleil du début d'après-midi disparut derrière un nuage, abaissant la température déjà proche du gel. Gabriel se dirigeait à grands pas vers le cottage de Dinah.

Poppy n'était partie que depuis quelques heures, mais elle lui manquait déjà. Non pas depuis qu'elle était allée chercher sa sœur pour se rendre à la partie de campagne, mais depuis plusieurs jours. Elle avait dormi dans une autre chambre, et passé beaucoup de temps avec la jeune femme enceinte.

Il attendait avec impatience le retour de sa femme, le moment où ils pourraient reprendre leur vie d'avant, si tant était que cela soit possible.

Un malaise persistant envahissait l'esprit de Gabriel lorsqu'il songeait à ce qui avait causé la rupture entre eux. C'était lui qui en était la cause, du fait de son manque de compréhension pour ce que Poppy avait souffert et continuait d'endurer. Le soulagement qu'il ressentait était la douleur qu'elle éprouvait. L'injustice de la situation faillit le briser.

Pourtant, il éprouvait toujours un certain réconfort à savoir qu'il ne la perdrait pas comme il avait perdu sa mère et sa sœur. Comme elle avait perdu sa mère.

Quittant la route, Gabriel se dirigea vers la porte du cottage. Avant qu'il n'atteigne le seuil, Judith l'ouvrit pour l'accueillir.

— Je vous ai vu approcher par la fenêtre, dit-elle.

Il entra et elle referma la porte derrière lui. L'intérieur du cottage était chaleureux et douillet, et il sentait le pain en train de cuire.

Gabriel prit une profonde inspiration.

— Combien de temps avant que le pain ne soit cuit ?

Judith sourit.

— Pas longtemps. Je vais vous en couper une tranche.

— Si vous insistez, dit-il avec un sourire, avant de jeter un regard vers la pièce du fond. Comment va Dinah ?

— Elle est en train de lire.

Gabriel la regarda, clignant des yeux.

— Vraiment ?

— Shakespeare. Lady Darlington a apporté *Le Songe d'une nuit d'été* l'autre jour. Elle a eu un certain effet sur Dinah. Maintenant, elle envisage même de garder le bébé.

Elle faisait *quoi* ? Gabriel masqua son choc et sa déception.

— Qu'est-ce qui l'a fait changer d'avis ?

— Lady Darlington.

Vraiment ? Il était totalement perdu.

— Je suis surpris. Dinah s'est montrée claire depuis le moment où nous l'avons rencontrée : elle ne veut pas de l'enfant.

Judith hocha la tête.

— Lady Darlington l'a convaincue qu'elle regretterait sa décision et que, dès la naissance du bébé, Dinah tomberait irrémédiablement amoureuse.

Cela ressemblait bien à sa femme. Même si Gabriel voulait l'enfant pour Poppy, il était touché par le comportement désintéressé de cette dernière. Prendre l'enfant leur serait bénéfique, mais qu'en serait-il de Dinah ? Et si elle regrettait de ne pas l'avoir gardé ?

Il était venu ici avec l'intention de proposer à Dinah d'élever le bébé avec Poppy. Maintenant, il ne pouvait plus le faire, d'autant plus que sa femme s'était efforcée de la persuader de le garder.

— J'ai cru entendre des voix.

Gabriel se retourna et vit Dinah dans l'embrasure de la porte de la chambre. Elle portait une robe ample, mais qui ne dissimulait en rien l'état avancé de sa grossesse. Le Dr Fisk avait dit à Judith que le bébé pouvait arriver à tout moment.

— Bonjour, Dinah, dit-il.

— Avez-vous apporté des biscuits au citron ? s'enquit cette dernière.

— Non, répondit-il en jetant un coup d'œil vers Judith. Aurais-je dû ?

— Oui, répond Dinah. Lady Darlington en apporte toujours maintenant.

— Je ne le savais pas. Je vais veiller à ce que vous en ayez avant la tombée de la nuit, proposa-t-il en s'avançant vers elle. Judith m'a dit que Madame vous avait aussi apporté quelque chose à lire ?

— Oui. Je l'aime bien. Elle est très gentille.

— C'est vrai. Je suis le plus chanceux des hommes.

— Je retourne au lit.

Dinah fit demi-tour et repartit en se dandinant vers la chambre. Gabriel la suivit, sans être encore certain de ce qu'il voulait dire. Elle grimpa dans le lit et tira la couverture sur son ventre, légèrement surprise de le voir.

— Je pensais que vous alliez chercher des biscuits.

Il sourit.

— Je vais le faire. Judith m'a informé que vous aviez changé d'avis, que vous vouliez garder le bébé.

Dinah fronça les sourcils.

— J'y réfléchis. J'ai demandé à Lady Darlington de cesser de m'importuner à ce sujet, alors si vous êtes ici pour poursuivre sa campagne, je vous prierai de vous abstenir.

— Je ne suis pas ici pour cela.

Gabriel était partagé : il voulait soutenir Poppy, mais il voulait aussi ce bébé pour eux. Pour Poppy.

Pour lui-même. Peut-être même désirait-il être père plus qu'il ne l'avait cru. Son ventre se noua, et il fit de son mieux pour ignorer cette sensation.

— Dinah, je veux que vous sachiez que, quelle que soit

votre décision, votre bébé sera bien entouré. Nous nous en assurerons.

— Lady Darlington et vous êtes les personnes les plus gentilles que j'aie jamais rencontrées, et cela inclut ma propre famille, lui dit-elle, puis elle secoua la tête. Je ne comprends pas pourquoi.

Et maintenant, Gabriel avait l'impression d'être un imposteur. En dehors de ses propres désirs et motivations, il voulait vraiment l'aider, même si elle gardait le bébé.

— Nous ne tournons pas le dos à ceux qui sont dans le besoin.

— Vous passez beaucoup de temps à Hartwell House, d'après ce que j'ai compris.

— C'est vrai.

— Depuis combien de temps Lady Darlington et vous êtes-vous mariés ?

— Cela fera trois ans en février.

— Et vous n'avez pas d'enfants ?

Il secoua la tête.

— Non.

— Je n'en étais pas sûre. Je me suis dit que, si vous en aviez, ils étaient avec une nourrice ou une gouvernante. C'est ce que font les gens comme vous.

Gabriel sut qu'elle parlait en connaissance de cause.

— Vous étiez nourrice ? Ou gouvernante ?

— Non, je travaillais dans une arrière-cuisine. En tant que fille de cuisine.

— Vraiment ?

Dinah plissa les yeux.

— Lady Darlington ne vous l'a pas dit ?

Gabriel se retint de grimacer. Poppy n'avait pas partagé grand-chose avec lui ces derniers temps. Il décida qu'il n'avait pas de bonne réponse à apporter à la question de Dinah, donc il l'ignora.

— Je vais veiller à ce que vous receviez des biscuits au citron.

— Donnez-moi mon livre avant de partir, s'il vous plaît.

L'ouvrage, qui venait de sa bibliothèque, était posé sur le chevet. Il était à portée de main, mais elle devait se redresser pour l'atteindre. Gabriel lui tendit la pièce de théâtre.

— *Le Songe d'une nuit d'été* est l'œuvre de Shakespeare que je préfère.

Elle posa le livre sur son ventre, faute de pouvoir le poser sur ses genoux.

— J'ai vu cette pièce jouée une fois, par une troupe d'acteurs itinérante. En lisant les mots, je peux la revoir dans mon esprit.

Pour la première fois, il vit de la joie au fond du regard habituellement craintif de la jeune fille. Elle était ainsi en parlant d'une pièce de théâtre, mais jamais lorsqu'elle parlait de son bébé. Il se demanda si Poppy savait comment Dinah était tombée enceinte. Avec un peu de chance, il pourrait le lui demander. Lorsqu'elle serait revenue, les choses redeviendraient normales.

— Alors, je vais vous laisser, dit-il avec un signe de tête vers le livre.

Il se retourna et au moment où il franchissait le seuil, elle lui demanda :

— N'oubliez pas les biscuits ! S'il vous plaît.

Il lui jeta un coup d'œil par-dessus son épaule, mais elle était déjà en train de lire. Il l'observa un moment, la considérant un peu honteusement, pour la première fois, comme une personne avec des espoirs et des rêves et un bébé qu'elle ne voulait peut-être pas. Ou peut-être qu'elle le voulait. Dans tous les cas, elle était seule, appauvrie, et sans perspectives d'avenir. Oui, il fallait qu'il parle d'elle à Poppy. Quoi qu'il advienne du bébé, ils ne pouvaient pas renvoyer Dinah sans lui offrir leur soutien. Ils n'étaient pas comme cela.

À supposer qu'elle survive.

Cette voix sombre refit surface au fond de son esprit. La peur panique qu'il ressentait quand il pensait à la perte de sa mère et de sa sœur remonta à la surface. Il arrivait à la tenir à distance la plupart du temps, mais il avait appris à connaître Dinah, et si elle mourait… *Quand* elle mourrait… Car il s'attendait à ce que cela arrive. Et c'était un sentiment horrible.

Essayant de chasser les ténèbres, il repartit dans la pièce principale. Judith lui tendit une assiette avec une épaisse tranche de pain badigeonnée de beurre. Il ne croyait pas pouvoir faire disparaître la boule qu'il avait dans la gorge. Mais il prit l'assiette malgré tout.

— Je l'ai entendue vous demander des biscuits, dit Judith.

— Oui, je vais demander à un palefrenier d'en apporter plus tard.

D'abord, il devrait vérifier si la cuisinière en avait sous la main.

Le malaise nouait le ventre de Gabriel.

— Comment gérez-vous les pertes à Hartwell House ? Quand les gens meurent, je veux dire.

Les yeux de Judith s'écarquillèrent brièvement. Des rides se creusèrent autour de sa bouche tandis qu'elle semblait réfléchir à cette étrange question. Il était sur le point de lui dire de l'oublier quand elle répondit :

— C'est difficile, surtout lorsqu'on a appris à bien les connaître. Cependant, nous considérons toujours cela comme une bénédiction pour elles, car elles ne souffrent plus. Et, du moins nous l'espérons, elles s'éteignent dans un lieu de réconfort et d'amour.

Des larmes brûlaient la gorge de Gabriel. Il déglutit, priant pour ne pas s'humilier devant Judith. Il prit une bouchée de pain, non pas parce qu'il en avait envie, mais parce que cela donnait à son corps quelque chose à faire au lieu de s'abandonner au chagrin.

C'était délicieux, et il se surprit lui-même en terminant toute la tranche. La saveur, la simplicité, et le soin avec laquelle Judith avait préparé cet encas le réconfortaient.

La pièce autour de lui devint plus nette et il vit avec une clarté qu'il n'avait jamais eue auparavant. Il tendit l'assiette vide à Judith.

— Merci. Pour tout.

Il lui sourit, puis se retourna et partit.

Il avait passé tant d'années à craindre la mort qu'il n'avait pas compris ce dont il avait vraiment peur, ce qu'il s'était efforcé d'éviter : le chagrin. L'idée de perdre Poppy l'avait empêché de vivre comme il l'aurait dû, sans se préoccuper de choses qu'il ne pouvait pas contrôler.

Il comprenait enfin le point de vue de Poppy. Ou, du moins, il l'espérait. Il l'aimait au-delà de toute mesure, et le fait qu'elle ait souffert de son chagrin sans qu'il soit à ses côtés, *vraiment* à ses côtés, menaçait de lui briser le cœur.

Heureusement, il pouvait y remédier. Il pouvait montrer à Poppy que la perte et le *chagrin* leur appartenaient à tous les deux. Elle n'était pas seule.

Et lui non plus.

CHAPITRE 4

— Es-tu fâchée que nous soyons parties plus tôt ? s'enquit Bianca alors que le carrosse les emportait, Poppy et elle, loin de Thornhill, le lendemain du début de la partie de campagne.

— Bien sûr que non. Je ne suis venue que pour te chaperonner, répondit sa sœur.

Ce n'était pas tout à fait vrai. Elle avait également apprécié de pouvoir passer un peu de temps loin de Gabriel. En partant plus tôt, elle raccourcissait son répit, mais si elle se montrait honnête avec elle-même, elle devait admettre qu'il lui manquait.

Bianca passa une main sur sa jupe.

— Et j'apprécie. Puisque tu m'aides déjà beaucoup, peut-être pourrais-tu le faire aussi avec Calder ? Après la débâcle d'aujourd'hui avec Thornaby et les autres, nous avons grand besoin de lui pour organiser la fête de la Saint-Étienne.

— C'était une débâcle ?

Poppy n'avait pas su précisément ce qui était arrivé lors du concours de tir organisé lors de la partie de campagne de Thornaby, car elle était trop loin. Mais selon Bianca, leur hôte et ses amis avaient malmené le comte de Buckleigh. Ce qui s'était passé avait suffi à faire partir le comte ainsi que les deux sœurs.

— Ça l'était pour Ash, et pour moi.

— Tu l'appelles encore Ash, murmura Poppy.

Elles connaissaient le comte depuis l'enfance. Il avait vécu à Hartwell jusqu'à ce qu'il parte à Oxford, après quoi il avait déménagé à Londres. Il était revenu cette année après avoir hérité du comté de son cousin, ce à quoi il ne s'attendait pas.

Bianca lui jeta un regard exaspéré.

— Et tu me le fais encore remarquer.

Poppy sourit. Oh ! Comme elle aimait sa sœur ! Et comme il était agréable d'être avec elle, loin de ses propres soucis !

— C'était d'autant plus terrible à cause de la Saint-Étienne, poursuivit Bianca. J'espérais que Thornaby pourrait organiser la fête à Thornhill, car c'est la propriété la plus proche de Hartwell après Hartwood.

— Il ne l'organisera pas ? demanda Poppy qui n'avait pas saisi ce qui s'était dit à la fête.

— Je ne lui ai pas demandé de le faire. Je ne *peux pas* ! s'exclama Bianca avec une grimace. Il est horrible !

Poppy tourna la tête pour observer sa sœur. Elle s'était empressée de prendre la défense d'Ash… enfin, de *Buckleigh*, avec passion. Se passait-il quelque chose entre eux ?

— Bianca, aurais-tu une tendresse particulière pour le comte ? demanda-t-elle doucement, ses lèvres se courbant en un léger sourire.

Comme ce serait merveilleux si sa sœur tombait amoureuse ! Poppy doutait que Calder ait autant de chance. Il se rendait peu sympathique par son avarice et sa froideur.

Bianca cligna des yeux, puis reporta son attention sur la vitre.

— Ne sois pas absurde. Nous sommes de vieux amis.

Il semblait que c'était plus que cela, au vu du comportement de sa sœur, mais Poppy ne voulait pas insister sur ce point. Elle se rappelait le moment où elle était tombée amoureuse de Gabriel. Ils avaient dansé lors de l'assemblée des fêtes, et elle avait été immédiatement séduite par son charme et son allure. Il l'avait fait rire, et elle avait compté les jours, *les deux jours*, jusqu'à ce qu'il lui rende visite à Hartwood.

Elle se rendit compte avec une douleur douce-amère que le troisième anniversaire de leur rencontre approchait à grands pas. Allaient-ils le célébrer ? Ou seraient-ils toujours en désaccord ? Elle espérait que non.

— Est-ce que tu vas bien ? l'interrogea Bianca, posant sur Poppy un regard inquiet. Je veux dire, je sais que les choses ne sont pas…

Elle s'interrompit brusquement, puis secoua la tête.

— Je n'ai pas à te demander cela. Je veux juste que tu saches que je suis là si tu as besoin de moi.

Poppy appréciait la sollicitude de sa sœur. Ce n'était pas comme si elle essayait de lui cacher quoi que ce soit, mais pourquoi accabler quelqu'un d'autre du fardeau de ses problèmes ? Surtout quand on ne pouvait rien y faire.

— Merci, répondit-elle, touchant doucement le bras de Bianca. Tu es la plus adorable des sœurs.

— Calder ne serait pas d'accord avec toi, dit-elle avec ironie, provoquant un rire bienvenu de la part de la marquise.

— Non, sans doute que non. Je me demande s'il finira par changer, dit Poppy. S'il redeviendra davantage comme il était avant.

Bianca soupira.

— Je ne vois pas comment cela pourrait se produire, malheureusement, d'autant plus qu'il refuse d'organiser la fête de la Saint-Étienne comme l'ont fait tous les autres ducs de Hartwell avant lui. Je vais quand même essayer de le persuader.

— Je le sais bien. Et si quelqu'un peut y parvenir, c'est bien toi. Mais tu as raison. Je crains qu'il ne se soit endurci et ne soit devenu une sorte de carapace repoussante, ce qui me brise le cœur.

— Il a besoin d'une femme, dit Bianca en se redressant. Quelqu'un qui s'occupera de lui et lui redonnera le goût de la vie. Ce que j'aimerais savoir, c'est ce qui l'a rendu ainsi.

Elle s'interrompit, et regarda Poppy.

— À moins que je ne me fasse une idée trop idyllique de qui il était avant d'aller à l'école ? J'étais assez jeune.

— Non, tu te souviens bien de lui. Il était gentil et attentionné. Il avait l'habitude de faire des plaisanteries, tu imagines ?

— Je peux l'imaginer, oui. Je me souviens avoir ri avec lui, répondit Bianca en fronçant les sourcils. Ce qui rend son comportement d'autant plus exaspérant. Et pénible.

La jeune femme se tourna vers Poppy. Elle l'interrogea.

— Que s'est-il passé, à ton avis ?

Poppy pensait le savoir, ou du moins, elle en avait une bonne idée.

— Je suis sûre que c'était au moins en partie dû à Felicity.

Bianca pencha la tête sur le côté.

— Je l'avais oubliée. J'étais jeune. Que s'est-il passé ?

Felicity Templeton, devenue Garland, avait vécu dans le village de Hartwell avec ses parents. Lorsque Poppy songeait à combien son frère avait été différent à une époque, elle l'imaginait toujours avec la jeune femme.

— Calder voulait l'épouser. Cependant, pour des raisons que je n'ai jamais sues, ils ne se sont pas mariés. Sa famille et elle ont déménagé à York.

— Sa mère est revenue à Hartwell l'année dernière après

la mort de son mari, je crois, dit Bianca en jetant un coup d'œil par la vitre. Je ne la vois pas souvent. En fait, je devrais lui rendre visite pour voir comment elle va. Je vais sans doute faire ça.

Poppy sourit.

— Tu as un cœur si généreux ! Dis-moi lorsque tu voudras y aller, et je t'accompagnerai.

— Comme lorsque nous nous rendions à Hartwell House ensemble, constata Bianca avec un sourire. Tu te souviens lorsque nous avons commencé à y aller ?

Poppy acquiesça.

— Père disait que nous lisions trop de livres, et il a suggéré que nous fassions autre chose.

Bianca rit.

— Alors nous avons apporté nos livres à Hartwell House et fait la lecture aux enfants !

— Et nous leur avons appris à lire, ajouta Poppy avec une pointe de fierté.

Elles avaient toutes les deux continué à faire ces choses, mais plus ensemble. Cependant, depuis quelque temps, Poppy ne les faisait plus du tout. Elles gardèrent le silence quelques minutes avant que Bianca ne reprenne la parole.

— Crois-tu que Calder a le cœur brisé depuis ?

— C'est sans doute possible, mais je ne suis pas sûre que ce soit le cas. Gabriel m'a rapporté le comportement de Calder à Londres lorsqu'il était plus jeune. Il ne donnait pas l'impression de se languir de Felicity.

Bianca haussa les sourcils.

— Je vois.

C'est ainsi que l'évocation du nom de Gabriel ramena Poppy à ses propres problèmes. Même si elle voulait aider Bianca dans ses relations avec Calder, il fallait qu'elle rentre chez elle. Toutes ces discussions à propos de Calder et de ce qu'il était avant lui firent comprendre qu'elle était prête à redevenir celle qu'elle était autrefois.

Pourtant, alors qu'elles remontaient l'allée menant à Hartwood, elle n'avait pas envie d'abandonner la cause de sa sœur au sujet de la fête de la Saint-Étienne.

— Bianca, veux-tu que je vienne parler à Calder avec toi ?

— Je ne pense pas que cela ait de l'importance, répondit cette dernière, résignée. De toute façon, il est souvent occupé dans son bureau, rien ne dit qu'il nous recevra.

— Il viendrait sûrement dîner, dit Poppy.

— Pour être honnête, je ne suis pas sûre d'avoir la patience de dîner avec lui ce soir. Pas après les événements de la journée.

Cette affaire avec Ash avait profondément affecté Bianca ; mais Poppy garda cette observation pour elle.

Après avoir fait ses adieux à sa sœur, elle exhorta le cocher à se hâter pour atteindre Darlington Abbey avant la tombée de la nuit.

～

*M*algré une accumulation de nuages, la lumière de la lune guida Gabriel jusqu'à la maison. Son ventre était délicieusement rassasié par le dîner qu'il avait pris au cottage. En plus de faire un excellent pain, Judith préparait également un ragoût appétissant.

Alors qu'il entrait dans la maison, une impatience vertigineuse le saisit. Demain, Poppy reviendrait. Son impatience lui rappelait la nuit précédant la Saint-Nicolas, le jour où sa famille échangeait des cadeaux. Il réussissait à peine à dormir, se demandant ce qu'il recevrait le lendemain.

Décidant de s'offrir un verre de porto avant de se rendre à l'étage, il se rendit dans son bureau et croisa le majordome sur le chemin.

— Bonsoir, my lord, le salua Walker. Lady Darlington est revenue.

L'impatience de Gabriel s'amplifia.

— Où est-elle ?

— À l'étage, je crois.

Gabriel était déjà dans les escaliers lorsqu'il se souvint de remercier Walker. Même s'il avait apprécié le dîner au cottage, il regrettait maintenant de ne pas avoir été à la maison. Il grimpa les marches deux à deux.

Dans leur salon, un feu doux brûlait et une unique lanterne tremblotait sur le bureau devant la fenêtre. Gabriel entra dans leur chambre à coucher et s'arrêta net. La femme dont il rêvait se tenait debout devant le feu, sa silhouette se dessinant sous sa chemise de nuit couleur crème. Cette femme qui tenait son cœur entre ses mains, exactement là où il voulait qu'il soit.

Elle se retourna et il retint son souffle, autant à cause de sa beauté que parce qu'il ne savait pas à quoi s'attendre. Le repousserait-elle ? Non, elle était ici, dans leur chambre à coucher, contrairement aux nuits précédant son départ.

— Tu es là, murmura-t-il.

— Je suis là. Bianca a voulu quitter Thornhill plus tôt.

— Il s'est passé quelque chose ?

— Thornaby et ses amis, ceux que tu n'aimes pas, ont malmené notre vieil ami Ash, expliqua-t-elle, puis elle secoua la tête. Le comte de Buckleigh.

Gabriel le connaissait. Ils s'étaient rencontrés à quelques reprises à Londres, et il l'avait croisé à Hartwell depuis qu'il était devenu comte.

— J'avais l'intention de l'inviter à dîner.

Elle afficha un petit sourire, et le cœur de Gabriel s'emballa.

— Vraiment ? Je suppose que nous étions occupés. Ou distraits, remarqua-t-elle, et la gorge de Gabriel se serra.

Elle poursuivit avant qu'il n'ait eu le temps de se ressaisir et de parler.

— Il y a eu un concours de tir, et je n'ai pas entendu ce qui se disait, mais Bianca en a été témoin.

— Pourquoi ça ? l'interrompit Gabriel.

— Parce qu'elle a insisté pour tirer et qu'elle est restée proche des concurrents après qu'ils ont daigné lui permettre de participer, *hors* compétition, bien entendu, mais pour qu'elle démontre son habileté.

Gabriel se mit à rire.

— Cela ne me surprend pas qu'elle ait exigé d'avoir une chance égale. Et c'est tant mieux pour elle.

Sa belle-sœur était peut-être la personne la plus intrépide et la plus sûre d'elle qu'il ait jamais rencontrée.

— Ce qui s'est passé entre ces gentlemen a suffisamment bouleversé Buckleigh pour qu'il quitte la partie de campagne. Bianca a insisté pour que nous fassions de même.

— Pour montrer sa solidarité ?

— Je n'en suis pas sûre. Elle prétend que Buckleigh et elle ne sont qu'amis, mais elle l'a appelé à plusieurs reprises « Ash ».

— Tu viens de faire la même chose, remarqua-t-il.

— Effectivement ! répondit-elle en riant. J'ai l'impression que nous le connaissons depuis toujours. Mais, au-delà de ça, elle a vraiment été bouleversée par ce qui s'est produit. Passionnément bouleversée, je dirais même.

Elle s'interrompit, puis fixa Gabriel du regard.

— Le seul homme pour lequel je ressens de la passion, c'est toi.

Le pouls de Gabriel s'emballa. Son cœur battait à tout rompre, et son sang rugit dans ses oreilles. L'avait-il bien entendue ? Il fit quelques pas pour se placer devant elle.

— Poppy, je crois que je comprends ce que tu as traversé. Ce n'était pas le cas auparavant. Ou du moins, je ne voulais pas le comprendre. J'aurais dû partager ton chagrin, *notre* chagrin, mais je ne pouvais pas.

Elle prit les mains de son mari dans les siennes.

— Je sais. Je n'aurais pas dû attendre une telle chose de toi. Je sais à quel point la mort de ta mère et celle de ta sœur t'ont affecté.

Il ne méritait pas qu'elle se montre si compréhensive.

— Non. Je t'ai laissée seule pour gérer ce qui se passait. Ou ce qui ne se passait pas, en l'occurrence. J'avais trop peur, expliqua-t-il en lui serrant les mains. J'ai toujours peur.

Elle se rapprocha de lui et posa les mains sur le visage de son mari, le tenant de sorte à pouvoir plonger son regard dans le sien.

— Je sais, mais rien ne t'y oblige.

Il saisit sa taille, la serrant contre lui.

— J'aimerais pouvoir changer les choses. J'aimerais pouvoir te combler avec un enfant. Avec dix enfants ! s'exclama-t-il, et elle haussa un sourcil, ce qui le fit rire. C'est trop ?

— En une seule fois, oui, répondit-elle.

Il lui sourit.

— Pas d'un seul coup, alors, confirma-t-il en l'entourant de ses bras. Aussi effrayé que je sois, je veux être père, et cela me brise le cœur de ne pas pouvoir faire de toi une mère.

Poppy se hissa sur la pointe des pieds et murmura :

— Mon amour… nous sommes quand même une famille.

Elle l'embrassa, et ses lèvres étaient douces et chaudes sous les siennes.

Un barrage d'émotions se rompit en lui. Il la ramena contre lui et approfondit le baiser, désespéré de lui montrer à quel point elle comptait pour lui et combien il était désolé. Mais ce fut elle qui le lui montra ; ses mains se glissèrent dans ses cheveux tandis qu'elle plaquait son corps contre le sien, s'offrant à lui dans un doux abandon.

Après l'avoir embrassé passionnément, elle le déshabilla pièce par pièce, ses lèvres se posant sur sa peau à chaque fois qu'elle dévoilait une nouvelle partie de lui. Gabriel prit le visage de Poppy entre ses mains tandis qu'elle détachait son pantalon pour le dépouiller de son dernier vêtement.

— Qu'ai-je fait pour te mériter ?

— Ne sois pas bête, lui dit-elle avec un doux sourire. Nous nous méritons l'un l'autre.

Elle lui retira son pantalon, dévoilant son sexe. Elle s'agenouilla ensuite en tirant complètement le vêtement jusqu'au bas de ses jambes. Sa main se posa autour de la base de son membre tandis qu'il retirait les pieds de son pantalon.

Avant qu'il ne puisse lui dire d'arrêter, qu'il voulait être le seul à la vénérer, elle le prit dans sa bouche. Ses boucles sombres retombaient sur ses joues tandis que sa tête basculait vers l'avant, ses lèvres glissant sur sa chair.

Gabriel plongea ses doigts dans ses cheveux, la retenant de peur de s'enfoncer dans les ténèbres. Il n'avait conscience que d'elle, de l'étreinte de sa main, de la douce pression de son pouce, du glissement de sa langue, de la chaleur de sa bouche. Il bougea les hanches et dut déployer des efforts pour ne pas s'enfoncer en elle.

Soudain, c'en fut trop. Il se retira d'elle et se baissa pour la prendre dans ses bras. Il la porta sur les quelques pas qu'il fallait pour atteindre le lit, puis il l'allongea et grimpa entre ses jambes.

Il tendit la main vers l'ourlet de sa chemise de nuit, mais elle la relevait déjà, se dévoilant à lui centimètre par centimètre. Il sourit intérieurement en voyant qu'elle allait lentement, à dessein. Cela faisait longtemps qu'elle ne l'avait pas séduit.

Dès qu'elle lui dévoila son sexe, il s'inclina vers l'avant. Elle écarta les jambes pour lui, et il posa ses paumes sur ses cuisses et les ouvrit davantage, l'offrant complètement à son regard. Elle était si belle avec ses lèvres rose vif et ses replis scintillants. Il se sentait honoré par l'offrande de son corps et était conscient que c'était lui qui était responsable de l'absence d'enfant.

— Gabriel ? demanda-t-elle doucement.

Il parcourut des yeux le corps de Poppy, dont la chemise de nuit était ramenée à la taille. Elle avait relevé la tête pour le regarder, les prunelles lourdes de désir, mais aussi teintées d'inquiétude.

— Retire-la, grogna-t-il.

Elle fit remonter le vêtement le long de son corps, se soulevant du lit pour le faire passer par-dessus sa tête. Le coton s'envola, mais il garda les yeux rivés sur ses seins, si pleins et si ronds, avec des mamelons doux et roses. Ils le tentaient, mais il était déjà pris, l'odeur de son excitation l'attirant vers son sexe.

Il s'enfouit en elle, se servant de sa langue et de ses doigts pour la stimuler et la combler. Ses gémissements étaient comme une chanson, l'intimant de lui en donner plus. Il introduisit deux doigts en elle, trouvant ce point sensible qui la faisait monter en flèche jusqu'à l'extase. Ses jambes tremblèrent et ses muscles se contractèrent autour de lui, indiquant sa libération. Elle cria et il suça son clitoris, faisant durer son plaisir jusqu'à ce qu'elle le supplie d'arrêter.

Il leva les yeux vers elle lorsqu'elle tira sur ses cheveux.

— Tu veux vraiment que j'arrête ?

— Je te veux en moi.

— Je l'étais, répliqua-t-il en souriant.

Ses yeux aux paupières lourdes se plissèrent, signe de son impatience et de son désir.

— Pas cette partie de toi. Ta queue.

Elle n'utilisait pas souvent de langage grossier, mais lorsqu'elle le faisait, il était à deux doigts de ne plus se contrôler. Il remonta le long de son corps, déposant des baisers sur sa chair à intervalles réguliers. Atteignant ses seins, il s'arrêta et se régala jusqu'à ce qu'elle se torde sous lui.

— Tu prends trop de temps, se plaignit-elle, à bout de souffle.

— Les meilleures choses se font attendre, se moqua-t-il.

Il attira son mamelon dans sa bouche, le suça fortement pendant un moment avant de lécher sa peau nacrée.

— J'aime quand tu me parles. Et que tu dis des mots comme « queue ».

Il releva la tête et lui sourit.

Elle haussa un sourcil de cette manière joueuse qu'il adorait. Puis elle repoussa ses épaules, le fit basculer et le plaqua sur le lit pour chevaucher ses hanches.

— Mets ta *queue* en moi maintenant.

— Oui, mon amour.

Il empoigna son sexe qu'il positionna au niveau de son intimité. Elle se souleva et posa sa main sur celle de Gabriel, le guidant dans son fourreau humide. Se baissant, elle le recouvrit complètement, l'attirant profondément en elle. Elle ferma les yeux, son corps se tendit à mesure qu'il la remplissait.

Puis elle se mit à remuer. Oh ! Comme il aimait la regarder ainsi ; la mince colonne de sa gorge, les lignes de plaisir profond gravées sur son visage, le balancement et le rebond de ses seins alors qu'elle montait et descendait sur lui.

Puis le ravissement emporta Gabriel. Il agrippa les hanches de Poppy et s'enfonça en elle, se perdant dans sa douce chaleur. Elle retomba en avant en criant, se frottant contre lui, s'arc-boutant sur lui. Il lécha son mamelon, attirant son sein dans sa bouche, et elle jouit autour de lui.

Elle continua de se lever et s'abaisser sur lui, et ses gémissements et ses cris le poussèrent vers un orgasme qui menaçait de le déchirer en deux. Il la serra fort lorsqu'elle s'effondra sur lui, lui prodiguant encore quelques caresses avant de la bercer contre son cœur.

Il embrassa sa tempe, sa joue, sa mâchoire.

— Je t'aime, Poppy.

Elle releva la tête pour le regarder.

— Je t'aime aussi, mais est-ce suffisant ?

CHAPITRE 5

*L*e désarroi dans les yeux de Gabriel poussa Poppy à se pencher vers lui pour l'embrasser. Elle s'écarta et lui caressa la joue.

— Ce n'est pas sorti comme je le voulais, dit-elle.

Elle s'interrompit et inspira. Elle essayait de trouver les mots dont elle avait besoin pour traduire correctement son émotion.

— Ce que tu as dit plus tôt..., commença-t-elle, sans pouvoir se résoudre à lui demander s'il avait vraiment le cœur brisé. Sur le fait d'avoir des enfants...

Il glissa une main dans les cheveux de sa femme.

— T'aimer, et le fait que tu m'aimes, c'est tout ce dont j'ai besoin. Si c'est tout ce que nous aurons jamais, ce sera plus que suffisant. C'est plus que ce que n'importe qui pourrait espérer.

L'émotion obstrua la gorge de Poppy, de sorte qu'elle ne put que hocher la tête. Elle l'embrassa à nouveau, trouvant du réconfort dans son étreinte. Cela faisait si longtemps qu'elle n'avait pas fait ça ! Il se tourna avec elle, et ils se retrouvèrent allongés sur le lit face à face.

Elle se blottit contre son torse.

— Je ne veux plus être mélancolique à ce sujet. Je serai sans doute toujours triste, mais cela ne peut pas être l'émotion dominante de ma vie. T'entendre dire que nous nous suffisons me rend tellement heureuse !

Il se tendit, et elle se demanda si elle avait dit quelque chose de mal. Elle se recula pour mieux voir son visage.

— Qu'y a-t-il ?

— Envisagerais-tu d'accueillir un enfant ?

Dinah et son bébé vinrent aussitôt à l'esprit de Poppy.

— Oui. Avais-tu un enfant en tête ?

Elle retint son souffle, se demandant s'il avait pensé la même chose qu'elle.

— J'en ai un. J'en avais un.

Le front de Gabriel se plissa. Il se souleva et tira les draps pour qu'ils puissent se glisser en dessous. Puis il s'assit contre la tête de lit.

— Je dois te dire toute la vérité sur Dinah.

Elle s'assit et se tourna face à lui. Les couvertures retombèrent autour de sa taille et un frisson parcourut ses épaules.

— Peux-tu attraper ma chemise de nuit ? lui demanda-t-elle.

Il se glissa hors du lit pour aller chercher son vêtement, et elle profita de l'occasion pour admirer ses fesses fermes et arrondies.

Il l'aida à enfiler la chemise de nuit avant de se réinstaller dans le lit et de poursuivre.

— Lorsque j'ai rencontré Dinah à Hartwell House, c'est vrai que Mme Armstrong n'avait pas de place et que je voulais l'aider. Ce que j'ai oublié de te préciser, c'est que j'avais espéré persuader Dinah de nous permettre d'élever son enfant. Elle avait déjà dit qu'elle n'en voulait pas, alors je me suis dit que je lui offrirais une alternative bienvenue, lui expliqua-t-il.

Il avait le regard lourd de regrets. Il poursuivit.

— Voilà pourquoi je ne t'ai pas parlé de sa venue au cottage. Je ne voulais pas te donner de faux espoirs au cas où elle refuserait. Ou pire, s'il leur arrivait quelque chose à elle et au bébé.

— Oh, Gabriel ! s'exclama-t-elle, prenant sa main dans la sienne, cherchant à repousser son inquiétude. J'y ai également réfléchi. Mais je me suis sentie égoïste rien que d'y penser.

— Est-ce égoïste si notre besoin résout son dilemme ? demanda-t-il.

— Je ne voudrais pas que sa décision soit basée sur notre besoin.

— Mais elle avait déjà décidé qu'elle ne voulait pas de l'enfant.

Poppy ne pensait pas que Dinah pouvait prendre une telle décision, pas avant d'avoir accouché.

— Je reste persuadée qu'elle regretterait d'avoir donné le bébé. Comment ne pas regarder son visage et tomber instantanément amoureuse ?

Gabriel caressa la main de Poppy du bout de son pouce.

— C'est ce que toi, tu ferais.

— Je serais déjà amoureuse, répondit-elle d'une voix douce. Dès l'instant où je saurais que le bébé grandit en moi, je serais perdue.

Elle vit l'appréhension assombrir le regard de son mari et rider son front. Levant sa main libre, elle l'effleura du bout des doigts.

— Je sais que cela t'effraie… le spectre de ce qui pourrait arriver. Mais je ne peux pas vivre dans la peur. *Nous* ne pouvons pas le faire.

Il hocha lentement la tête.

— Je le sais bien. Ici, dit-il en se tapotant la tempe, avant d'abaisser sa main et de presser sa paume contre son cœur.

— Mais ici… De toute manière, je ne pense pas que ce soit important, car je crois qu'elle a changé d'avis. Tu t'es montrée très convaincante.

Son ton ne lui laissait pas deviner ce qu'il en pensait.

— Es-tu en colère ?

— Comment pourrais-je l'être alors que ma femme est la personne la plus attentionnée au monde ? Faire fi de ton propre désir pour sauver une femme d'une possible vie entière de regrets est l'exemple même de la gentillesse et de l'altruisme.

Poppy se mordilla la lèvre inférieure, soudain inquiète de l'avenir de Dinah et, plus important encore, de celui de son bébé.

— Je crains d'être la seule à avoir des regrets, avoua-t-elle doucement.

Lorsqu'il posa un regard confus sur elle, elle s'expliqua.

— Dinah veut devenir actrice. Comment cela pourrait-il être une bonne vie pour elle ou pour son enfant ?

La surprise se lut dans les yeux noirs de Gabriel.

— Je ne connais rien à cette profession, mais j'imagine que c'est difficile.

— J'ai essayé de la persuader de rester à Hartwell House jusqu'à ce que l'enfant soit un peu plus âgé.

— Tu espères qu'elle changera d'avis au sujet de sa carrière dans l'intervalle ?

— Ou au moins qu'elle attendra, précisa Poppy qui secoua la tête. Je ne sais pas. Je ne me sentais pas à l'aise d'essayer de prendre l'enfant, même si elle disait qu'elle ne voulait pas l'élever.

Il pencha la tête sur le côté, le pouce toujours sur le dos de la main de Poppy.

— Et si nous lui proposions une option ? Si elle savait que son enfant serait bien soigné, *aimé*, elle choisirait peut-être cela plutôt que de porter seule le fardeau.

Sa suggestion était parfaitement logique, mais le doute subsistait dans l'esprit de la jeune femme.

— Cela me semble toujours assez égoïste.

Il lui serra doucement la main, pour lui faire part de sa compréhension et de son inquiétude.

— Quoi qu'il arrive avec Dinah, je veux l'aider. Nous les aiderons à s'installer, le bébé et elle. Sommes-nous d'accord sur ce point ?

Oh ! Elle l'aimait tellement !

— Nous sommes d'accord.

— Et si Dinah décide d'élever son enfant, il y a beaucoup d'autres enfants qui ont besoin d'aide. Nous en trouverons sans doute un, ou *une dizaine* à accueillir, dit-il en souriant.

Poppy se pencha vers lui et posa ses lèvres contre les siennes pour un doux et long baiser.

— Merci, murmura-t-elle en s'écartant. Je t'aime.

— Pas autant que je t'aime, et n'essaie pas de le contester.

Elle rit doucement. C'était ce qu'il lui disait toujours.

— Je ne le fais jamais. Ce qui ne veut pas dire que je suis d'accord, dit-elle avec un sourire coquin.

— Si tu continues à me regarder comme ça, je vais te renverser et te montrer à quel point je t'aime encore plus.

Le désir envahit Poppy.

— C'est une promesse ?

Avec un grognement, il l'entoura de ses bras et la fit basculer en arrière jusqu'à ce qu'elle soit à plat contre le matelas, son corps recouvrant le sien.

— Attends ! dit-elle, soudain essoufflée et heureuse de l'être. J'aimerais aller à Hartwell House demain. Cela fait trop longtemps.

Les yeux de Gabriel, assombris par la passion, s'adoucirent.

— Bien sûr. J'adorerais t'y emmener, si tu veux bien.

— Il n'y a personne avec qui j'aimerais plus m'y rendre, lui dit-elle, enroulant ses bras autour de son cou, plaquant ses seins contre son torse. Maintenant, embrasse-moi, et fais tout ce que tu avais prévu d'autre.

— Avec plaisir.

Il sourit avant de s'emparer de sa bouche et de l'empêcher de réfléchir au lendemain.

～

*I*l se trouva que le temps ne leur permit pas de se rendre à Hartwell House le jour suivant. Ni le jour d'après. Bloqués à l'intérieur à cause de la neige, ils n'eurent aucun mal à profiter du temps qui leur était imparti. Toutefois, ils s'aventurèrent pour une promenade, ainsi que pour une bataille de boules de neige qui dégénéra en roulades dans la neige, ce qui les obligea à prendre un bain en commun. Ce furent deux jours délicieux, vraiment les meilleurs dont Poppy se souvenait depuis longtemps.

Avant de se rendre à Hartwell House, Poppy rendit visite à Judith et Dinah au cottage, pour voir comment elles s'étaient débrouillées avec la neige. De plus, elle voulait parler à la jeune femme des choix qui s'offraient à elle.

Poppy attendit que Dinah ait mangé le premier des biscuits au citron qu'elle avait apportés avant de se lancer dans sa proposition.

— Gabriel m'a dit que vous aviez changé d'avis, que vous souhaitiez élever le bébé ? C'est une excellente nouvelle.

Assise dans le fauteuil près du feu, Dinah donnait l'impression que son ventre prenait le dessus sur son corps. Cela ne faisait que quelques jours que Poppy l'avait vue, mais elle semblait nettement plus ronde.

— Ah oui ? demanda la jeune femme, s'emparant d'un deuxième biscuit. J'ai dit que j'y réfléchissais. Je n'ai pas encore pris de décision définitive.

— Je pense toujours que vous devriez le faire, dit Poppy, choisissant ensuite soigneusement ses prochains mots. Cependant, si pour une raison ou une autre vous décidiez que vous ne pouvez pas être une mère pour cet enfant, Gabriel et moi serions...

Avant qu'elle puisse terminer, Dinah l'interrompit.

— Vous voulez mon bébé.

Poppy détestait la manière dont elle disait cela, mais c'était vrai. Elle voulait un bébé, et Dinah allait en avoir un.

— Nous voulons vous aider. Et si cela signifie élever votre enfant comme le nôtre, nous en serions honorés.

— Vous m'avez présenté des arguments assez convaincants pour que je le garde, dit la jeune femme en posant la main sur son ventre. Ou *la* garde. Mais, maintenant, vous voulez que je vous le donne ?

— Non, répondit Poppy en secouant la tête. Je pense toujours que vous devriez le garder. Ou *la* garder.

— Mais si je ne veux pas, vous le prendrez. Ou vous *la* prendrez.

Dinah prit un troisième biscuit qu'elle tint entre le pouce et l'index. Elle regarda Poppy.

— Quel genre d'aide m'apporterez-vous ?

Poppy et Gabriel n'avaient pas discuté de quoi que ce soit de précis.

— Que voudriez-vous ?

— J'ai réfléchi à ce que vous avez dit, à savoir que le fait d'être actrice pourrait compliquer la maternité, d'autant plus que je n'ai pas d'argent à ma disposition. Je dois penser au bébé et à moi.

Elle était vraiment en train de changer d'avis. Le ventre de Poppy se noua. Elle ne s'était pas rendu compte jusqu'à ce moment qu'elle avait espéré que Dinah ne l'écouterait pas et qu'elle voudrait abandonner l'enfant. Et cela ne faisait-il pas de Poppy la pire des personnes ?

— Oui, c'est vrai. Je suis heureuse d'apprendre que vous y réfléchissez. Comme je vous l'ai déjà dit, je suis sûre que vous pourriez vivre à Hartwell House. Nous ferons de la place.

Ou elle pourrait vivre ici. Poppy en parlerait à Gabriel.

— Je ne suis toujours pas sûr de vouloir y vivre. Je préférerais faire autre chose qu'apprendre à coudre. En fait, je sais déjà le faire…

Elle fourra le biscuit dans sa bouche, contemplant le feu pendant qu'elle mâchait.

Poppy avait passé suffisamment de temps avec Dinah pour savoir que la jeune femme était intelligente. Judith venait de lui dire qu'elle avait déjà lu *Le Songe d'une nuit d'été* trois fois, et qu'elle entamait la quatrième.

— Voudriez-vous que je vous apporte d'autres Shakespeare à lire ? proposa Poppy.

Dinah bascula la tête en arrière pour la regarder, écarquillant brièvement les yeux.

— Oui. S'il vous plaît.

Une idée vint à Poppy.

— Dinah, savez-vous faire des additions ?

— Oui, répondit-elle, fronçant les sourcils. Pourquoi ?

— Cela fait longtemps que je pense que Hartwell House devrait avoir sa propre école. Peut-être pourriez-vous en être l'institutrice ?

Le regard de Dinah se détacha de celui de Poppy et devint légèrement flou. Au bout d'un moment, elle cilla.

— Je vais y réfléchir.

Chaque fois que Poppy entrevoyait ce qui était sans doute la vraie femme enfouie sous les fardeaux de sa jeune vie, celle-ci se renfermait. C'était comme si elle s'était entraînée à se cacher et qu'elle n'osait pas sortir.

De la gentillesse. C'était ce dont elle avait besoin. Et Poppy était déterminée à lui en offrir.

— Oui, pensez-y, dit la marquise d'un ton enjoué en se levant. Il y a d'autres biscuits au citron si vous en voulez.

Dinah ricana.

— Bien sûr que je vais en vouloir ! s'exclama-t-elle, levant les yeux vers elle. Merci.

— Je vous en prie. Je vais demander à un palefrenier d'apporter du Shakespeare.

Poppy ferait une sélection de quelques livres dans la bibliothèque avant de partir pour Hartwell House. Elle fit ses adieux à Dinah, puis à Judith.

Un peu plus tard, Gabriel et elle étaient en route pour Hartwell House.

— Merci d'avoir retardé notre départ, dit Poppy en resserrant la couverture de laine sur leurs genoux tandis que son mari conduisait leur véhicule.

— Que faisais-tu dans la bibliothèque ?

— Je rassemblais quelques livres pour Dinah. Elle en est à sa quatrième lecture du *Songe d'une nuit d'été*, alors je lui ai proposé quelque chose de nouveau.

— C'est gentil de ta part, mais cela n'a rien de surprenant, lui dit-il avec un sourire. Elles n'ont pas été gênées par la neige ?

Poppy secoua la tête.

— Judith a dit que Dinah était même sortie.

— C'est une bonne chose.

Et cela l'était vraiment, car elle était restée la majeure partie du temps dans le cottage, alors même que sa toux avait totalement disparu.

— Je lui ai parlé du bébé. Elle envisage fortement de le garder maintenant. Je l'ai encouragée à le faire.

Elle hésita, se remémorant son sentiment de déception. Elle ne voulait pas le dire à Gabriel alors qu'elle essayait si fort d'avoir une attitude positive. Se concentrant sur ce point, elle poursuivit :

— J'ai eu une idée pour Dinah. Elle n'est pas très enthou-siaste à l'idée de vivre à Hartwell House et d'apprendre à faire le ménage, à cuisiner ou à coudre. Elle a déjà travaillé comme femme de chambre, et cela s'est très mal terminé.

Il lui lança un regard inquisiteur.

— Elle m'a dit qu'elle était femme de chambre, mais j'ignore ce qui lui est arrivé.

— Après avoir été élevée au rang de femme de chambre, elle a attiré l'attention non désirée de son employeur. Il ne lui a pas donné la possibilité de refuser ses avances.

La mâchoire de Gabriel se contracta, et sa voix se réduisit à un grondement.

— Qui est-ce ?

— Elle ne me l'a pas dit, répondit Poppy en lui touchant la manche. Quoi qu'il en soit, que pourrions-nous faire ? Ce n'est pas comme s'il voulait l'épouser, et je ne peux pas dire que j'aimerais qu'il élève l'enfant.

— Je pourrais le battre en duel. Ou le battre comme plâtre, dit-il en hochant la tête. L'un ou l'autre serait satis-faisant.

— Mon bien-aimé à la rescousse.

Ils échangèrent un regard chaleureux.

— Quelle était ton idée ? demanda-t-il, ramenant son esprit à leur conversation plutôt qu'à l'amour qu'elle lui portait.

— Je me disais qu'elle aimait beaucoup lire et qu'il était étonnant qu'elle aime Shakespeare. Alors je lui ai demandé si elle savait faire des additions. C'est le cas.

— Qu'est-ce qui se trame dans ton esprit astucieux ?

— Nous avons discuté de la nécessité pour Hartwell House d'avoir une enseignante. Elle pourrait peut-être prendre le poste.

Gabriel posa sur elle un regard admiratif.

— Ne me dis plus jamais que c'est ta sœur qui a les idées

les plus intelligentes. C'est une véritable inspiration que tu as eue là !

Poppy se redressa sur son siège.

— Merci. J'espère que Mme Armstrong nous soutiendra.

— J'en suis sûr. Comme tu l'as dit, nous en parlons depuis un certain temps maintenant. Ce serait une solution parfaite : Hartwell House a un besoin et Dinah aussi.

— Elle n'a pas encore accepté le poste. Elle y réfléchit. Je pense qu'elle le fera.

Poppy ne voyait pas comment elle pourrait tourner le dos à une telle opportunité.

— Je suis désolé, dit Gabriel d'une voix douce, reportant son regard sur la route.

— Pourquoi ?

— Parce qu'il semblerait qu'elle va garder le bébé. Es-tu déçue ?

— Oui, avoua-t-elle. Je n'ai pas envie de l'être, mais je ne peux pas m'en empêcher. Néanmoins, je pense que c'est la bonne chose à faire. Et puis, tu as raison, nous trouverons un enfant qui aura besoin de nous, et tout s'arrangera comme il se doit.

Gabriel ne répondit pas et ils roulèrent en silence jusqu'à Hartwell House. À leur arrivée, Mme Armstrong fut plus que ravie de voir Poppy.

— Je suis très heureuse de vous revoir, my lady, la salua la directrice avec un sourire rayonnant. Nous avons tant de choses à nous dire ! Mais d'abord, je dois parler à Monsieur.

Elle se tourna vers Gabriel en grimaçant.

— La neige a provoqué quelques nouvelles fuites. J'ignore combien de temps cette pauvre maison va encore tenir debout. Vous faites de votre mieux pour réparer ce que vous pouvez, mais une rénovation est nécessaire, et nous n'avons tout simplement pas l'argent, expliqua-t-elle, agitant la main. Ne vous en préoccupez pas pour l'instant. Pourriez-vous jeter un coup d'œil sur le coin du réfectoire ? C'est lui qui a subi le plus de dégâts.

— Je vais aller voir.

Gabriel se retira. Mme Armstrong se tourna vers Poppy, le sourire aux lèvres.

— Vous avez l'air en pleine forme. L'êtes-vous ?

Son sourire était resté intact, mais des rides apparurent autour de ses yeux, et elle fronça les sourcils.

— Je le suis, merci. Je dois m'excuser d'être restée si longtemps absente. C'était incroyablement égoïste de ma part.

Mme Armstrong passa son bras sous celui de Poppy et la conduisit du hall d'entrée à son petit salon situé sur la gauche. Une fois arrivées là, elle prit la main de la marquise en la regardant.

— Vous êtes tout sauf égoïste. Je peux parfaitement imaginer ce que vous avez enduré.

— Vraiment ?

Poppy ne lui avait jamais parlé de ses problèmes.

D'un signe de tête, la directrice lui indiqua de prendre l'un des fauteuils près de l'âtre où brûlait un feu. Lorsqu'elle fut assise, elle s'installa dans l'autre.

— M. Armstrong et moi n'avons jamais eu d'enfants.

Poppy le savait, ou du moins savait qu'elle et son mari n'avaient pas d'enfants vivants. Elle se rendit compte qu'elle ne connaissait pas les détails.

— Vous n'avez jamais été enceinte ?

Les mains fermement posées sur ses genoux, Mme Armstrong secoua la tête.

— Et ce n'est pas faute d'avoir essayé, répondit-elle avec un clin d'œil adressé à Poppy. Parfois, cependant, nous sommes destinés à faire d'autres choses. Nous avions pour mission d'ouvrir notre maison aux femmes dans le besoin, y compris celles qui ont des enfants. Grâce à cela, nous avons nous-mêmes accueilli quelques enfants, dont Judith.

— J'ignorais qu'elle était votre fille adoptive.

— Sa mère et elle sont venues nous voir lorsque la petite avait quatre ans. Sa mère est décédée quelques années plus tard, et Judith est restée. Bien que nous ne soyons pas un orphelinat, dans certains cas, lorsque l'enfant n'avait nulle part où aller, M. Armstrong et moi-même le gardions ici. Quant à Judith, je me suis terriblement attachée à elle, comme elle s'est attachée à nous lorsque sa mère est tombée malade.

— Je suis vraiment ravie que vous ayez été là pour elle. Judith est une jeune femme charmante.

— C'est vrai, répondit Mme Armstrong avec fierté.

La fierté d'une mère. À cet instant, Poppy entrevit un avenir dans lequel elle ne serait pas triste ou… amoindrie. Elle voulait que cet avenir commence dès maintenant.

— Si je vous dis cela, poursuivit Mme Armstrong, c'est parce qu'il y a énormément d'enfants qui ont besoin d'un foyer et de sécurité. Ils ont besoin d'une famille.

— J'étais justement en train d'y penser, répondit Poppy d'un ton doux. Merci. Gabriel et moi avons parlé d'accueillir un enfant.

Ou des enfants. Pourquoi s'arrêteraient-ils à un seul ?

— Je suis ravie de l'entendre, répondit la directrice, dont le regard bleu se fit hésitant. Oserais-je demander si c'est pour cela qu'il a recueilli Dinah ?

— En partie. Il voulait aussi simplement apporter son aide, à elle comme à vous. Nous savons que vous n'avez plus de lits vides en ce moment.

— C'est vrai, et l'état de la maison devient un problème. Je crains que nous n'ayons besoin de grosses réparations.

Elle semblait sur le point d'en dire plus, mais elle referma la bouche.

Poppy savait ce qu'elle avait sur le bout de la langue. Elle avait la même idée en tête.

— Les choses sont devenues plus difficiles depuis que mon frère a retiré le soutien du duché après avoir hérité.

Elle serra la mâchoire en songeant à la façon dont il avait cessé de donner l'argent que leur père versait à Mme Armstrong pour Hartwell House. Il avait affirmé qu'il devait examiner les livres de comptes pour déterminer si une telle charité était vraiment possible. À sa connaissance, il n'avait pas pris de décision définitive.

— Je vais insister auprès de lui sur ce point. En attendant, nous nous engageons à vous apporter un soutien accru.

Gabriel n'était pas aussi riche que Calder, mais il était déterminé à aider les moins fortunés.

Mme Armstrong secoua la tête.

— Vous donnez déjà beaucoup tous les deux, autant en argent qu'en temps. Maintenant, revenons à Dinah. Va-t-elle vous laisser élever le bébé ?

La question directe prit Poppy légèrement au dépourvu, mais pourquoi Mme Armstrong n'aurait-elle pas pu lui parler franchement ?

— Je ne crois pas. Je me suis efforcée de la convaincre de garder l'enfant.

— Vraiment ? s'enquit la directrice, surprise.

— En tant que personne qui souhaite et accorde la plus grande importance à la maternité, je craignais qu'elle regrette de ne pas avoir gardé l'enfant.

— Elle ne m'a pas semblé particulièrement maternelle, mais les missives de Judith ont dressé le portrait d'une jeune femme victime de circonstances malheureuses.

— Judith vous a écrit au sujet de Dinah ?

— Oui. Il semblerait que Dinah ait développé une certaine forme de bravade, dit Mme Armstrong, inclinant la tête sur le côté. Partagez-vous ce sentiment ?

— Oui, je vois de quoi Judith parle. Elle se cache assez

profondément, je crois. Elle a lu plusieurs fois *Le Songe d'une nuit d'été*.

Mme Armstrong rit doucement.

— Judith en a parlé.

— Elle est aussi douée pour les additions, ajouta Poppy. Je me demande si elle ne pourrait pas occuper le poste d'enseignante ici à Hartwell House.

Mme Armstrong se caressa la joue en réfléchissant.

— Oh ! Avoir enfin une école… ! Vous pensez qu'elle pourrait ?

Poppy haussa une épaule.

— Cela vaut la peine d'essayer.

— Oui, effectivement, acquiesça la directrice, mais son expression s'assombrit. Seulement je ne sais pas où nous pourrions installer l'école, ni elle et son enfant. Nous sommes sur le point d'exploser.

— Laissez-moi en discuter avec Gabriel.

Et elle en parlerait aussi à Bianca, qui penserait sûrement à quelque chose. Si Gabriel avait remarqué qu'elle n'avait pas *toutes* les idées, elle en avait néanmoins beaucoup.

— Madame Armstrong ! s'écria un enfant qui entra en courant dans le salon, le visage blême. Il y a le feu !

La directrice se leva d'un bond, et son visage se vida de ses couleurs. Poppy fit de même, les jambes tremblantes, le cœur battant la chamade.

— Nous devons faire sortir tout le monde, dit Mme Armstrong, l'air hébété.

— Pas ici, précisa le garçon, qui devait avoir huit ou neuf ans. C'est à Shield's End. Lord Darlington vient de partir pour aller aider. Il m'a dit de venir vous avertir.

Shield's End était une maison, et ancienne ferme, qui appartenait à Ash. C'était sa maison de famille avant qu'il ne devienne comte de Buckleigh.

— Au moins, personne n'y vit pour l'instant, dit Poppy avec soulagement.

Pourtant, c'était horrible. Mme Armstrong posa une main sur sa poitrine et ferma brièvement les yeux.

— Tu m'as fait peur, Michael ! Rassemble les garçons, et nous allons voir comment nous pouvons aider.

Il hocha la tête, puis se précipita hors du salon.

— Je vais les emmener, proposa Poppy.

Puisque Gabriel était parti, elle voulait y aller aussi. Abaissant le bras, Mme Armstrong lui adressa un sourire reconnaissant.

— Merci.

En dépit de l'effort nécessaire pour rassembler la demi-douzaine de garçons qui la rejoignirent pour se rendre à Shield's End, ils arrivèrent assez rapidement. La fumée était visible depuis Hartwell House, située à huit cents mètres de là, mais maintenant, alors qu'ils remontaient le chemin menant à la maison, elle voyait des flammes s'élever du bâti-ment. Son cœur se serra à cette vue. Ash allait être dévasté.

Poppy avertit les garçons de rester près d'elle et de ne pas s'approcher de la maison. Elle les mena à l'arrière, où une file de villageois se passait des seaux du puits pour essayer d'éteindre le feu. La bataille semblait perdue d'avance.

Elle aperçut alors sa sœur auprès d'Ash ; ils regardaient la maison brûler. Même si elle voulait les rejoindre immédiate-ment, Poppy amena les garçons jusqu'à la chaîne et les mit d'abord au travail.

Après s'être assurée qu'ils étaient bien organisés, elle se hâta de les rejoindre.

— Bianca !

Celle-ci pivota. Ses yeux s'illuminèrent, et elle entoura sa sœur de ses bras. Dans sa hâte, elle bouscula Ash. L'étreinte ne dura pas longtemps, car Bianca se tourna vers le jeune homme et lui serra le bras.

— Désolée, est-ce que tu vas bien ?

Il lui lança un regard ironique.

— Je vais bien. Tu peux étreindre ta sœur. Je devrais aller voir comment les choses évoluent. Je crains que la maison ne soit complètement détruite, dit-il avant de faire un signe de tête à Poppy. Lady Darlington.

— Lord Buckleigh, je suis vraiment désolée, murmura cette dernière.

Il baissa le menton, les yeux tristes, puis s'en alla. Bianca le regarda en fronçant les sourcils.

— J'espère qu'il ne va pas se surmener. Il a déjà secouru les personnes qui se trouvaient à l'intérieur.

Poppy haleta.

— Je ne pensais pas que quelqu'un vivait là

— Ce n'est pas le cas, mais…, commença Bianca avant de gémir. C'est une longue histoire que je te raconterai plus tard. Je me bornerai à dire que Thornaby et sa bande de vauriens sont responsables de ce désastre survenu à cause d'une *farce*.

Poppy haleta à nouveau, et cette fois elle porta la main à sa poitrine, comme l'avait fait Mᵐᵉ Armstrong.

— C'est méprisable.

— En effet, dit Bianca d'un ton sombre.

Une dizaine de questions se bousculaient dans la tête de Poppy. Elle choisit celle qui lui semblait la plus pressante.

— Qu'est-ce que tu fais ici ?

— Ash et moi passions par là.

Elle ouvrit la bouche pour poursuivre, mais Poppy lui coupa la parole.

— Ash et toi. Vous passiez par là. Comment ? demanda-t-elle, posant une main sur sa hanche. Pourquoi ?

— Nous sommes fiancés ! s'exclama Bianca, dont les yeux bleus brillaient d'excitation malgré le désastre qui se déroulait à une courte distance.

— Vous êtes quoi ? demanda sa sœur, surprise tout en ne l'étant pas vraiment. Ce fut rapide.

— Plus que pour toi et Gabriel, certes, mais comme il me semble que tu me l'as dit à l'époque, quand tu sais que c'est la bonne chose à faire, pourquoi attendre ?

Elle l'avait effectivement dit. Ou quelque chose d'approchant. Une vague de joie la traversa et elle serra à nouveau sa sœur dans ses bras, cette fois-ci plus longtemps, car le bonheur circulait entre elles. Lorsqu'elles se séparèrent, Poppy caressa la joue de sa jeune sœur.

— Je suis tellement ravie pour toi ! Je veux tout savoir. Comment tu es « passée par là » avec Ash, comment il t'a demandée en mariage, tout.

Elle jeta un coup d'œil vers la maison en flammes, puis vers la chaîne de seaux où Gabriel se tenait avec Ash pour surveiller l'incendie.

— Mais peut-être plus tard.

— Oui, dit Bianca d'un ton sombre. Plus tard.

La marquise regarda à nouveau autour d'elle.

— Pourquoi Calder n'est-il pas là ? Ou l'un de ses serviteurs ? Ils voient sans doute la fumée depuis Hartwell.

— Peut-être. Les nuages se sont épaissis depuis notre arrivée. Nous n'avons vu la fumée qu'à l'approche du village, expliqua Bianca avec un ricanement. Mais je ne l'excuse pas.

— Moi non plus, affirma Poppy en serrant les dents. Plus tard, lorsque tu m'auras annoncé toutes tes bonnes nouvelles, il faudra que nous parlions de lui.

— Effectivement.

La voix de Bianca contenait une note d'appréhension… pour Calder. Poppy aurait pu avoir pitié de leur frère s'il n'était pas devenu une parfaite fripouille.

— Je crains qu'il ne se soit montré assez affreux aujourd'hui, et j'étais en fait en chemin pour séjourner chez toi jusqu'au mariage. Si cela ne te dérange pas.

— Bien sûr que non !

Poppy ignorait ce qu'avait fait Calder, mais il méritait une bonne réprimande.

Bianca détourna son attention de la maison pour regarder sa sœur.

— Allons parler aux hommes et essayons de les apaiser.

— Bianca, je suis vraiment désolé pour la perte d'Ash.

— Moi aussi, mais je suis reconnaissante qu'il aille bien. Perdre des poutres et des meubles n'est rien comparé à la perte d'un être cher.

Entendre sa sœur parler de son amour pour Ash et voir l'émotion dans les yeux de Bianca fit sourire Poppy.

— Bien dit, ma sœur. Bien dit.

CHAPITRE 6

— C'est bien qu'il se mette à pleuvoir, dit Gabriel en pensant à Shield's End, largement incendié, alors qu'il rejoignait Poppy dans son lit ce soir-là. Quelle journée !

Elle se blottit contre lui, posant sa main sur son torse, tandis qu'il était assis contre la tête de lit.

— J'ai eu l'impression qu'une semaine s'était écoulée.

Gabriel caressa l'épaule et le dos de sa femme.

— Bianca est bien installée ?

— Oui, mais je me demande si elle va vraiment dormir. Elle est surexcitée.

— À cause de l'incendie ou du mariage ?

— Les deux. Je lui ai conseillé de se concentrer sur ce dernier point. Je ne pense pas que ce sera difficile.

Gabriel sourit malgré sa fatigue.

— Ils ont l'air très heureux.

— C'est vrai.

— C'est arrivé assez vite, n'est-ce pas ?

Poppy gloussa, son corps vibrant contre le sien.

— C'est ce que je lui ai dit. Elle m'a rappelé une chose que je lui avais dite après nos fiançailles. Quelque chose comme « quand c'est juste, c'est juste ».

Il baissa les yeux sur le sommet de la tête sombre de sa femme. Elle avait dompté ses boucles en une tresse pour dormir, mais il savait d'expérience qu'il pouvait la défaire en un tour de main. Peut-être l'aurait-il fait s'il n'avait pas été si épuisé…

— Est-ce ainsi que cela s'est passé pour nous ?

Elle leva les yeux vers lui, ses lèvres se retroussant en un sourire à couper le souffle.

— Oui. Tu n'es pas de cet avis ?

— Le mot « juste » ne décrit pas correctement ce que j'ai ressenti. Pour moi, c'était le destin.

Peut-être n'était-il pas aussi épuisé qu'il le pensait.

Elle déposa un baiser sur son torse et, en dépit de sa chemise de nuit, il sentit le contact comme si sa chair était à nu contre elle. Soupirant, elle abaissa sa tête contre lui.

— Est-ce que Shield's End est totalement détruit ? J'ai eu l'impression que l'aile la plus récente avait survécu.

L'extension ajoutée au siècle dernier à ce manoir d'époque médiévale était toujours debout, mais Gabriel ne pouvait s'empêcher de penser qu'elle devait être grandement affaiblie.

— Je ne suis pas sûr qu'elle pourra tenir sans le soutien du reste du bâtiment, surtout avec l'hiver qui approche.

— J'espère qu'Ash pourra bientôt reconstruire. Je suis heureuse que Thornaby paie pour cela.

Gabriel ricana.

— C'est le moins qu'il puisse faire.

Après avoir appris que l'incendie avait été causé par une chèvre que Thornaby et ses amis avaient introduite dans la maison pour faire une farce à Buckleigh, Gabriel avait voulu obliger l'homme à l'indemniser. Cela avait constitué une petite victoire de voir qu'il n'avait pas besoin d'être contraint à faire ce qu'il fallait.

— Oui, après avoir mis des chèvres dans la maison. Bianca a dit qu'ils l'avaient fait à Ash à Oxford et qu'ils avaient cru qu'il serait amusant de répéter la farce.

— Je suis content d'être allé à Cambridge.

Elle leva les yeux.

— Personne ne s'est abaissé à une telle idiotie à Cambridge ?

Gabriel laissa échapper un rire bref.

— Pas aussi spécifique. J'aurais peut-être dû aller à Oxford. J'aurais défendu Buckleigh si j'avais été là.

— Je suis sûre que tu l'aurais fait. Tu es l'homme le plus prévenant que je connaisse, affirma-t-elle, basculant la tête en arrière pour le regarder droit dans les yeux. Merci d'avoir accepté de te tenir aux côtés d'Ash au mariage.

— C'est un honneur pour moi. Je suis simplement désolé que ton frère soit un tel porc misérable ! s'exclama-t-il avant de grimacer. Pardonne-moi ma description.

Elle lui donna une tape sur le torse.

— Dans ce cas précis, je t'y autorise. Je pourrais moi-même le qualifier ainsi, vu qu'il refuse d'approuver le mariage de Bianca.

Sa sœur et Ash étaient allés annoncer leurs fiançailles à Calder, mais il avait refusé de lui accorder la permission de l'épouser. Légalement, Bianca n'en avait pas besoin. Mais il la lui fallait si elle voulait récupérer l'argent que leur père lui avait laissé.

— Il refuse toujours de soutenir Hartwell House. Depuis quand est-il devenu une telle fripouille insensible ?

Gabriel n'avait pas la réponse. Depuis qu'il connaissait Calder Stafford, il avait toujours été sans cœur.

— Je t'en prie, ne pense pas de mal de moi, mais je ne me

soucie plus de lui alors que tant de personnes sont affectées par sa cruauté.

— Je ne peux pas t'en vouloir, mais j'ai l'intention de lui parler de Hartwell House. Il est inacceptable que le bâtiment ait besoin de réparations et qu'il n'y ait pas assez de place pour tous ceux qui ont besoin d'un abri. Et il est grand temps que nous fondions l'école.

L'entendre parler avec tant de passion réchauffait le cœur de Gabriel. Apparemment, elle se libérait vraiment de sa mélancolie, et de cela, il était exceptionnellement reconnaissant. Il se pencha pour déposer un baiser sur le sommet de son crâne.

— Tu peux lui parler, mais je pense que cela ne servira à rien.

— Je dois essayer. Le fait qu'il refuse d'organiser la fête de la Saint-Étienne est déjà assez grave, dit-elle avec un ricanement. Bianca et moi ferons de notre mieux pour que la célébration à Thornhill réponde aux attentes de tous, malgré l'éloignement.

Ce n'est qu'à quatre kilomètres, mais pour de nombreux villageois, cela pourrait tout aussi bien avoir lieu à Londres. Apparemment, Thornaby avait proposé d'organiser le transport des gens, et Gabriel prévoyait de faire de même. Si Darlington Abbey n'avait pas été encore plus loin du village, il aurait insisté pour y organiser la fête.

— Je suis content que ceci au moins soit réglé, dit Gabriel. En ce qui concerne Hartwell House, je ferai de mon mieux pour effectuer les réparations nécessaires. Un peu d'aide ne serait pas de refus.

Il avait besoin à la fois de mains, et d'un soutien financier. Il faisait déjà don d'une somme importante à Mme Armstrong chaque année.

— Je me disais que nous devrions collecter des fonds à l'assemblée de Noël. Bianca et moi pouvons sûrement persuader les gens de faire des dons. Nous devrions presser Thornaby jusqu'à ce que plus rien n'en sorte.

Gabriel éclata de rire.

— Tu es agressive lorsque tu es en mission. Et c'est une excellente idée… de collecter des fonds à l'assemblée, je veux dire.

Elle tourna son corps de façon à ce que ses seins soient pressés contre son torse et son flanc et le regarda avec un sourire coquin.

— Tu n'es pas d'accord pour que nous saignions Thornaby à blanc ?

— Je pourrais payer pour voir ça.

Les yeux de Poppy s'illuminèrent.

— Voilà une autre façon de collecter des fonds !

Il éclata à nouveau de rire.

— Oui, mais rien de tout cela ne résout la question de la création d'un espace supplémentaire pour Dinah et toute autre personne qui se présenterait, ni celle de l'école.

Elle fit une petite moue.

— Je sais. En regardant brûler Shield's End, je me disais qu'il aurait pu constituer une merveilleuse extension de Hartwell House.

— En effet, il aurait été parfait.

Il lui massa doucement le cou.

— Tu pars du principe que Dinah veut rester, dit-elle d'une voix douce, reposant sa tête sur son torse.

Il ne supposait rien. Il *espérait* qu'elle n'en ferait rien, en fait, et qu'elle leur confierait son bébé pour qu'ils l'élèvent. Mais il ne le lui dit pas.

— Tu as fait de ton mieux pour la convaincre.

Poppy passa le bout de son doigt le long du col de sa chemise de nuit.

— Tu as l'air un peu déçu.

Bon sang !

— Non, répondit-il.

Pour le moment, ajouta-t-il en son for intérieur.

— Nous devrions l'inviter à résider dans le cottage aussi longtemps qu'elle en aura besoin. Mais je suis sûr que Mme Armstrong aimerait que Judith revienne à un moment ou à un autre.

Remontant de quelques centimètres le long de son corps, Poppy déposa un baiser sur sa clavicule. Qu'il soit épuisé ou non, son membre s'en moquait, et se mit au garde-à-vous.

— Tu es l'homme le plus gentil qui soit. Je lui en ferai part demain. J'ai prévu d'y aller le matin, parce que je ne sais pas combien de temps je pourrai y passer au cours des prochains jours. Il y a beaucoup à faire pour préparer le mariage de Bianca.

Gabriel s'efforça d'ignorer le désir qui l'envahissait. Ils étaient tous les deux fatigués.

— Mmmh.

— Je voulais te rapporter ce que m'a dit Mme Armstrong aujourd'hui, dit-elle d'une voix douce, le tirant de sa torpeur.

— Qu'y a-t-il ?

Elle s'assit à côté de lui, tournant son corps vers lui.

— Elle nous a encouragés à accueillir un… ou plusieurs enfants. C'est ce que M. Armstrong et elle ont fait. J'ignorais que Judith était avec elle depuis qu'elle avait quatre ans.

— Moi aussi, j'ignorais que cela faisait aussi longtemps, dit Gabriel.

— Elle croit que nous aurons une famille quand le moment sera venu, annonça-t-elle, le visage rayonnant de chaleur… et d'amour. Je le crois aussi.

Il agrippa sa taille et l'attira sur lui pour qu'elle chevauche ses hanches.

— Je crois que j'ai épousé la femme la plus spectaculaire qui, sans aucun doute, réalisera tous mes rêves.

Elle plissa les yeux de manière provocatrice en frottant son bassin contre le sien.

— Et quel est ton rêve en ce moment ?

Il la serra fort contre lui et la fit bouger contre son érection.

— Je pense que tu peux le deviner.

Elle passa les bras autour de son cou et lui adressa un sourire torride.

— Tant mieux. Parce que c'est aussi le mien.

~

*L*e mariage de Bianca, la veille, avait été charmant et merveilleux, même sans la présence de leur frère.

Ou peut-être à cause de cela. Poppy le chassa de son esprit. Penser à lui ne faisait que la mettre en colère, et elle était déterminée à être positive et agréable. Après tout, c'était bientôt Noël.

Aujourd'hui, c'était la Saint-Nicolas, et déjà Darlington Abbey s'était parée de verdure. Poppy veilla à ce que du gui soit accroché dans des endroits clés, notamment dans le bureau de Gabriel et dans l'embrasure de la porte séparant leur salon de leur chambre à coucher. Et au moins à une demi-douzaine d'autres endroits auxquels Gabriel s'attendrait le moins. Elle avait fait la même chose l'année dernière, ce qui avait donné lieu à un après-midi mémorable dans l'orangerie.

Poppy recula et examina la verdure qu'elle venait d'installer dans le salon de Hartwell House en prévision de la fête de la Saint-Nicolas qui allait bientôt débuter.

— Pourquoi ce sourire ? s'enquit Bianca en entrant dans la pièce.

— Oh, rien ! Je me remémorais seulement quelques événements des années passées.

Poppy remarqua que sa sœur était rayonnante ce jour-là, et pourquoi en aurait-il été autrement ? La voir ainsi la rendait très heureuse.

Elle avait du mal à imaginer que quinze jours auparavant, elle appréhendait cette saison parce qu'il lui semblait impossible de ressentir de la joie. Assumer sa déception et affronter son chagrin, avec Gabriel à ses côtés, avait fait toute la différence.

Bianca monta sur une chaise et Poppy lui tendit l'une des extrémités de la guirlande de pin que les enfants avaient confectionnée le matin même.

— Hier soir, je réfléchissais aux problèmes d'espace ici à Hartwell House.

— Pendant ta nuit de noces ? demanda Poppy en secouant la tête, prise d'un petit rire. Ça ne m'étonne pas de toi !

— J'ai bien peur de ne pas savoir éteindre mon cerveau, dit Bianca d'un ton joyeux. Heureusement, c'est une chose qu'Ash aime chez moi. J'espère que tu ne trouveras pas ma proposition trop audacieuse, mais je ne le pense pas, vu que vous hébergez déjà quelqu'un pour qui il n'y avait pas de place ici.

Dinah. Poppy et Gabriel s'étaient rapidement rendus au cottage la veille en revenant des festivités du mariage. Dinah leur avait à peine parlé, car elle se sentait particulièrement mal disposée et avait fini par leur demander de la laisser en paix. Judith leur avait murmuré qu'elle pensait que le terme de la jeune femme n'allait pas tarder.

Un tremblement d'angoisse parcourut Poppy lorsqu'elle songea à l'arrivée du bébé. Des décisions devraient être prises. Aucun d'entre eux n'aurait plus l'occasion de reporter les choses à plus tard.

Une minuscule perle d'espoir se fraya un chemin à travers la nervosité de Poppy, mais elle refusait de s'y attarder. Elle n'osait pas.

Elle ne pouvait pas. Elle se concentra sur sa sœur.

— Quelle est ton idée ?

— Ash et moi avons l'intention d'ouvrir une partie de Buck Manor à tous ceux qui en auront besoin. Nous disposons de plusieurs pièces qui ne sont pas utilisées, et elles pourraient servir de foyer temporaire pour quelques âmes en attendant la reconstruction de Shield's End.

— Quel merveilleux projet ! s'exclama Poppy. J'aimerais que nous puissions faire la même chose, mais Darlington Abbey n'est pas aussi grand que Buck Manor. Nous devrions demander à Calder d'accueillir des gens.

Bianca hocha la tête.

— Il y a des ailes entières à Hartwood dans lesquelles il ne met même pas les pieds.

— Il refusera, affirma Poppy d'un ton plat. Mais je suppose que nous devrions quand même poser la question.

— Je crois que je ne t'ai jamais vue aussi en colère contre lui, constata Bianca.

— J'ignore si je l'ai jamais été. Son comportement est déplorable.

— Puis-je me permettre de supposer que vous discutez de votre intolérable frère ? demanda Gabriel en entrant dans le salon.

Il avait les bras chargés de paquets, et Ash le suivait de près, portant lui aussi des cadeaux pour les enfants.

— Qu'est-ce qui nous a trahies ? s'enquit Bianca, l'air amusé. Poppy veut lui demander de l'aide pour loger des personnes de Hartwell House, comme nous prévoyons de le faire à Buck Manor.

— Voilà un effort bien inutile, dit Gabriel alors que Poppy l'aidait à décharger les cadeaux sur une table. Cependant, nous devrions l'y obliger.

Ash déposa sa brassée de paquets à côté de celle de Gabriel.

— C'est possible ?

— Non, répondirent Poppy et Bianca à l'unisson.

— Oh, laissez-moi essayer.

Le chuchotement de Gabriel était à la fois doux et mena-çant, et ses yeux brillaient d'une lueur de défi. Bianca posa les mains sur les hanches et fronça les sourcils.

— Il devrait être ici. Notre père l'aurait été.

— Il n'est pas notre père.

Et cela rendait Poppy triste. Leur père n'avait pas toujours été parfait, mais il avait été un excellent duc, un meneur dévoué et admiré au sein de la communauté et à Londres. Calder, lui, était craint. Il était sans doute dévoué, mais à une seule chose : lui-même.

Le regard de Gabriel passa de Bianca à Ash, qui se tenaient proches, leurs bras se touchant.

— Vous prévoyez de loger des gens ?

Sa belle-sœur hocha la tête.

— Si cela s'avère nécessaire.

— Cela le pourrait. Mme Armstrong voit généralement arriver un afflux de femmes en hiver et, franchement, je suis préoccupé par la structure physique de Hartwell House. Trois pièces sont actuellement inhabitables et je ne pense pas qu'elles puissent être remises en état avant le printemps.

— Bon sang ! Si seulement Shield's End n'avait pas brûlé ! s'exclama Ash, prenant la main de sa femme pour s'adresser à Poppy et Gabriel. Bianca et moi avons décidé que la maison serait reconstruite spécifiquement pour l'institution pour femmes démunies.

Poppy le regarda, bouche bée.

— Vous n'êtes pas sérieux ?

— Je ne l'ai jamais été plus qu'à cet instant, répondit Ash. La maison était vide et ma mère va venir vivre avec nous. Nous avions prévu d'y organiser la fête de la Saint-Étienne avant qu'elle ne brûle, et j'étais ravi de voir qu'elle pouvait servir à quelque chose qui pourrait profiter à d'autres. Nous consulterons Mme Armstrong pour connaître ses besoins quant au nouveau bâtiment.

— C'est juste…, commença Gabriel en secouant la tête. C'est incroyablement généreux !

— Je sais que Mme Armstrong aimerait avoir une école pour les enfants qui vivent ici, intervint Bianca. Ash en tiendra compte lorsqu'il rencontrera les architectes.

Poppy eut une idée.

— Ou bien, et cela pourrait ne pas fonctionner, nous pourrions nous servir de Hartwell House comme école, puisque Shield's End serait la nouvelle institution. Si nous pouvons réparer Hartwell House d'une manière qui convienne.

Bianca lui sourit.

— C'est une merveilleuse suggestion.

Gabriel sourit en posant sur elle un regard de pure admiration.

— Tu es pleine d'idées incroyables ! Et oui, nous devrions être en mesure de réparer Hartwell House, surtout si nous parvenons à collecter des fonds lors de l'assemblée de la semaine prochaine.

— Oh, oui ! C'est bien notre intention, confirma Bianca, dont le regard se fit glacial. Je pense que Thornaby et ses amis vont devoir vider leurs poches.

— Tout comme Calder, confirma Poppy avec amertume. Bianca, nous allons devoir lui rendre visite.

— Oui, je sais.

— Nous vous accompagnerons pour vous soutenir, proposa Ash.

— Je ne suis pas certaine que cela aiderait. En fait, cela pourrait nous gêner.

Mme Armstrong arriva en trombe dans le salon, ses jupes gris foncé tourbillonnant autour de ses jambes.

— Pouvez-vous nous aider à apporter les rafraîchisse-ments ? Les enfants bouillonnent d'impatience. Je pense qu'il faut commencer la fête ! s'exclama-t-elle avec un large sourire. Oh, ils sont si jeunes !

Tous se mirent aussitôt à l'œuvre et la salle se remplit rapidement de rires et de conversations joyeuses. Les femmes, les mères et les enfants ouvrirent les cadeaux offerts par Poppy, Gabriel, Ash et Bianca. Leur joie comblait la marquise. Elle était impatiente de voir l'avenir et tout ce qu'ils avaient prévu.

Plus tard, lorsque tout le monde se mit à jouer, Mme Armstrong entraîna Poppy à l'écart.

— Où est Dinah ? Je croyais qu'elle venait à la fête.

— Elle ne se sentait pas bien. Judith pense qu'elle est presque sur le point d'accoucher.

Mme Armstrong inclina la tête.

— C'est juste que je suis triste que Judith ne soit pas là. C'est la première fois que nous ne passons pas la Saint-Nicolas ensemble. J'ai un cadeau pour elle, peut-être pour-riez-vous le lui remettre ?

Le cœur de Poppy se serra.

— D'accord. J'aurais dû envoyer quelqu'un pour surveiller Dinah afin que Judith puisse venir.

Elle s'en voulait de ne pas y avoir pensé.

— Ne vous tracassez pas. Judith aurait dit quelque chose si elle avait pensé qu'il était sage qu'elle vienne. Je suis sûre qu'elle a jugé que sa présence était requise auprès de Dinah.

À cet instant, l'un des palefreniers de Darlington Abbey apparut dans l'embrasure de la porte. Il tenait son chapeau à la main et son visage était rougi, comme s'il avait chevauché dans le vent.

Gabriel alla lui parler, et Poppy observait ses traits qui se crispaient. Il hocha la tête puis se retourna, cherchant sa femme du regard, mais elle marchait déjà vers lui.

— Que se passe-t-il ? demanda-t-elle, le corps tout entier envahi par l'appréhension. Par l'impatience.

Il saisit la main de Poppy, ses doigts se refermant sur les siens.

— Le travail de Dinah a commencé. Le bébé arrive.

CHAPITRE 7

*L*orsqu'ils arrivèrent au cottage de Darlington Abbey, l'anxiété et l'appréhension de Gabriel étaient telles qu'il aurait pu sursauter au moindre bruit. Il pria pour que Dinah et le bébé se portent bien. Puis il pria pour qu'elle décide de les laisser l'élever.

Il ne partagea aucun de ses espoirs avec Poppy.

Il faisait presque nuit lorsqu'ils arrivèrent. Un autre véhicule était garé le long du chemin. Gabriel le reconnut comme étant celui du Dr Fisk. La présence du médecin aurait dû le rassurer.

Ce n'était pas le cas.

Gabriel aida sa femme à descendre du cabriolet. Ils se précipitèrent à l'intérieur pour échapper au froid, mais surtout pour découvrir ce qui se passait.

Une vague d'effroi s'abattit sur Gabriel lorsqu'il posa la main sur la porte d'entrée. Il hésita.

Poppy avait dû sentir sa peur. Elle se tourna vers lui, posa ses mains gantées sur ses joues et le regarda sérieusement droit dans les yeux.

— Quoi qu'il arrive, mon amour, tout ira bien pour nous. Tout ira bien pour *toi*.

— Ce n'est pas pour moi que je m'inquiète, dit-il doucement, la voix réduite à un fil ténu.

— Je le sais, répondit-elle avec un sourire encourageant, appuyant doucement les paumes sur son visage. Et c'est pour cela que je t'aime tant. C'est l'une des nombreuses raisons. Elle se hissa sur la pointe des pieds et l'embrassa juste au moment où un cri déchirait l'air.

Gabriel haleta contre sa bouche et ses yeux s'écarquillèrent sous l'effet de la panique. Il se souvenait des cris de sa mère lorsqu'elle avait donné naissance à son plus jeune frère, un garçon mort-né à qui son père n'avait pas voulu donner de nom.

Poppy ouvrit la porte et le précéda dans le cottage. Il y faisait chaud, plus que d'ordinaire, et un grand feu flambait dans l'âtre. Les flammes étaient si hautes que Gabriel ne pouvait pas voir à travers dans la chambre à l'arrière.

— Bonsoir, Dorothy, salua Poppy.

Qui était Dorothy ? Gabriel cligna des yeux et se rendit compte que l'une des servantes de Darlington Abbey s'occupait du feu.

Elle se retourna et fit une révérence à Poppy et Gabriel.

— Bonsoir, my lord, my lady. Le Dr Fisk est passé me chercher en chemin. Il a dit qu'il avait besoin d'une paire de mains supplémentaire, parce que Mme Fisk ne pouvait pas venir.

— Où est Judith ? s'enquit Poppy.

— À l'arrière avec le Dr Fisk. Je pense que ce ne sera plus long maintenant ;

— Nous avons entendu un cri.

Les mots sortaient de la bouche de Gabriel, mais il avait l'impression de se tenir à l'extérieur de son corps et d'écouter quelqu'un d'autre parler.

— Elle l'a fait plusieurs fois, confirma Dorothy en grimaçant. J'ai entendu le Dr Fisk lui dire que tout allait bien.

Poppy se déplaça pour se poster devant Gabriel. Elle retira son chapeau et sa cape, ainsi que ses gants.

— Essaie de te détendre, mon amour, lui murmura-t-elle en lui ôtant son chapeau. Pourquoi ne pas t'asseoir ?

Elle déboutonna son grand manteau et passa derrière lui pour l'aider à se défaire du vêtement.

Il la regarda pendre les habits à côté du sien sur un crochet près de la porte. Il avait l'impression de ne pas pouvoir bouger. S'il réagissait ainsi lorsqu'une femme qu'il connaissait à peine donnait naissance à un enfant, comment se tiendrait-il si Poppy se trouvait dans cette situation ? Il était très heureux de ne jamais le découvrir.

Avant qu'il ne comprenne ce qu'elle était en train de faire, Poppy lui avait retiré l'un de ses gants. Lorsqu'il ôta le second, elle lui prit le bras et le guida vers le canapé près du feu. Quelques instants plus tard, elle revint avec un verre de cognac qu'elle lui plaça dans la main.

Reconnaissant, il souleva la boisson. Un autre gémissement, suivi d'une plainte aiguë, emplit la maison. Gabriel sursauta et la moitié du liquide contenu dans son verre éclaboussa sa main et le sol.

— Oh ! Bon sang ! marmonna-t-il.

Il devait se ressaisir.

Poppy s'empressa d'essuyer la boisson sur sa main et son poignet, puis fit de même avec les gouttes sur le sol.

— Bois.

Elle n'eut pas besoin d'insister. Il avala le contenu du verre d'un trait, et savoura le goût épicé et fruité. Mais ce n'était pas suffisant. Il leva son verre vide pour qu'elle le remplisse. Un instant plus tard, elle le lui remettait dans la main. Cette fois, il but doucement. Et parvint à ne pas en renverser lorsqu'un long et frémissant gémissement parut faire trembler les murs mêmes du cottage.

— Veux-tu que j'aille jeter un coup d'œil ? lui demanda Poppy avec douceur.

Il leva les yeux vers elle et hocha la tête.

— S'il te plaît.

Elle le laissa, puis il l'entendit : le son magnifique et incomparable des pleurs d'un bébé. Toute sa tension se relâcha d'un coup et il s'affala contre le canapé. Il fixa le feu d'un regard absent tout en écoutant les bruits provenant de l'autre pièce : les pieds qui s'agitaient, le Dr Fisk qui donnait des ordres, et ce cri mélodieux.

Mélodieux ?

Il se passa une main sur le visage et ricana de son état pathétique. Au bout de quelques minutes, Poppy revint.

— C'est une fille, annonça-t-elle en souriant. Le Dr Fisk a dit que l'accouchement s'était bien passé. Dinah se repose maintenant.

— Et le bébé ?

Toute la tension que Gabriel avait évacuée revint en force, s'enroulant et se resserrant au creux de lui.

— Il tète, répondit-elle. Il n'y a pas de nourrice.

Avait-elle lu dans son esprit ? La première chose à laquelle il avait pensé était que Dinah avait pris sa décision, qu'elle allait garder son bébé.

Sa fille.

Lorsqu'il comprit soudain qu'il n'aurait jamais de fille qui ressemblerait à sa mère, le ventre de Gabriel se mua en bouillie. Sa gorge se contracta, et il se força à respirer.

Poppy s'assit à côté de lui.

— Veux-tu partir, ou préfères-tu rester un peu ?

— Rester.

Il fallait qu'il sache ce que Dinah avait l'intention de faire. Et il voulait voir le bébé.

Gabriel but son cognac à petites gorgées et Poppy resta tranquillement assise à côté de lui, sa cuisse collée à la sienne. Le Dr Fisk sortit enfin de la chambre, son visage rubicond couvert de sueur.

— Bonsoir, my lord, salua-t-il en s'inclinant.

Âgé d'une cinquantaine d'années, le docteur était un homme bon et généreux à la tête d'une famille nombreuse, dont un fils qui se destinait lui aussi à la médecine. Souvent aidé de sa femme et de quelques-uns de ses enfants, il s'occupait des femmes et des enfants de Hartwell House sans accepter de rémunération.

Posant son verre sur la petite table, Gabriel se leva et lui serra la main.

— Bonsoir, docteur Fisk. Merci de votre présence aux côtés de Dinah. J'ai entendu dire que tout s'était bien passé.

Il entendit la note d'interrogation dans sa voix, même si Poppy lui avait déjà dit que tout s'était bien passé.

— Tout à fait. Bien que plutôt, euh… *vocale*, Mlle Kitson était une excellente patiente.

— Elle va se rétablir ?

— J'ai toutes les raisons de l'espérer, my lord, répondit le Dr Fisk d'un ton jovial en jetant un coup d'œil vers le verre de cognac. Pourrais-je vous déranger en vous demandant un petit verre ?

— Je m'en occupe, proposa Poppy avec un sourire.

Gabriel subit une bonne demi-heure, au moins, les bavardages du Dr Fisk avant que celui-ci ne retourne dans la chambre. Puis il prit congé en promettant de revenir prendre des nouvelles de la mère et du bébé quelques jours plus tard.

Dès qu'il s'en alla, l'angoisse de Gabriel monta encore d'un cran, et il lui fallut beaucoup d'efforts pour ne pas lui demander de revenir. Que se passerait-il si Dinah et le bébé avaient un problème ?

Dorothy arriva de la chambre du fond en portant un panier de linge sale.

— My lord, my lady, si vous souhaitez lui rendre une brève visite, vous êtes les bienvenus.

Poppy se mit en route vers la chambre, puis s'arrêta, sans doute au moment où elle se rendit compte que Gabriel n'avait pas bougé. Il posait vers la chambre un regard rempli d'effroi, incapable de bouger les pieds.

Revenant vers lui, Poppy lui prit la main.

— Est-ce que tu vas bien ?

Inconsciemment, il hocha la tête. Puis il fit un pas. Et un autre. Alors qu'ils atteignaient le seuil, il reconnut l'odeur qui flottait dans l'air, quelque chose d'indescriptible. Qu'il associait au désespoir. Un souvenir l'envahit.

Sa mère étendue sur le lit, le visage pâle, le corps froid. Il n'aurait pas dû se trouver là. Mais il avait voulu voir sa maman bien-aimée et lui dire à quel point il était désolé que son petit frère soit mort.

Il lui avait pris la main. Elle avait l'habitude de lui serrer les doigts et de l'appeler son « gentil garçon ». Elle n'avait fait ni l'un ni l'autre.

— Maman ? avait-il murmuré, se hissant sur la pointe des pieds pour pouvoir se pencher sur sa silhouette.

Elle n'avait pas bougé. Il lui avait lâché la main, et avait trouvé le tabouret pour monter sur le lit. Au moment où il avait posé les mains sur le matelas pour se soulever, son père était entré et lui avait hurlé de s'en aller.

Elle est partie, mon garçon !

— Gabriel ? Gabriel, tu m'entends ?

Poppy se tenait devant lui, les mains sur ses joues, les yeux écarquillés, et le suppliant de réagir.

Il cligna des yeux en revenant au présent ; l'odeur était proche, mais plus tout à fait la même. Elle pouvait si vite se muer…

— Elle va mourir, murmura-t-il alors que son regard se posait au-delà de Poppy sur le lit où Dinah était allongée, berçant son bébé.

Emmaillotée dans des couvertures et blottie contre la poitrine de sa mère, la fillette était à peine visible. Peut-être était-elle déjà partie...

Poppy fit basculer sa tête vers le bas, l'obligeant à se concentrer à nouveau sur elle.

— Regarde-moi, Gabriel. Tu ne dois pas penser ainsi. Elle va bien. Et le bébé va bien.

— Maintenant. Mais tu sais aussi bien que moi que cela peut changer.

— La situation peut changer pour chacun de nous, dit-elle, gardant la voix basse.

Mais son ton était dur. Honnête. Implacable.

— Toi et moi pouvons nous en aller ce soir, être attaqués par des bandits de grand chemin, et être tués. Ou contracter une maladie et mourir dans les quinze jours. Ou il peut y avoir un incendie, et Ash ne serait pas là pour nous sauver. De mauvaises choses arrivent, mon amour. Tout le temps. Mais il en va de même pour les bonnes choses. Nous devons nous concentrer sur ces dernières, prier pour elles et les célébrer. Dans le cas contraire... À quoi bon ?

Il comprenait ce qu'elle disait, et il se posait la même question : à quoi bon ? Il observa Dinah qui penchait la tête pour embrasser le bébé qu'elle tenait contre sa poitrine. Elle souriait et murmurait des mots à la petite, rayonnante de joie et d'amour.

Elle n'allait pas abandonner sa fille.

Cela faisait une bonne chose en moins sur laquelle se concentrer... Se ressaisissant, Gabriel contourna Poppy pour se diriger vers le lit.

— Vous avez l'air en forme, dit-il, l'air étonnamment normal.

Dinah releva la tête. Elle était pâle, mais pas de manière inquiétante. Ses yeux semblaient fatigués, mais sa bouche paraissait figée en un petit sourire. Il ne l'avait jamais vue aussi sereine.

— J'ai une petite fille, dit-elle.

Il avait sa réponse. Mais il l'avait déjà déduite.

— C'est ce que j'ai entendu dire. Avez-vous déjà choisi un nom pour elle ?

Dinah baissa le regard sur le bébé et secoua la tête.

— Je ne me suis jamais autorisée à y réfléchir. Je ne pensais pas devoir le faire.

Poppy les avait rejoints près du lit, et se tenait de l'autre côté.

— Pourquoi ?

Jetant un coup d'œil vers Poppy, Dinah prit la parole d'une voix douce, et presque triste. Elle ne semblait pas tout à fait elle-même, du moins pas la femme que Gabriel avait appris à connaître.

— Je ne pensais pas que je serais mère. Je ne pensais pas que ce serait une bonne chose.

Gabriel dut tendre l'oreille pour entendre la dernière partie. Il regarda Poppy, vit l'éclair de douleur et de déception dans ses yeux, et ressentit les émotions de sa femme qui se répercutaient dans son cœur. Elle les masqua rapidement, adressant à Dinah un sourire chaleureux et compréhensif.

— Bien sûr que vous devriez, répondit Poppy, l'encourageant sincèrement.

Gabriel savait que même si elle désirait ardemment un bébé, elle soutiendrait le choix de cette femme d'être mère.

— Je sais que vous espériez…

Dinah referma la bouche, serrant la mâchoire, et reporta son attention sur sa fille. Elle la serrait contre elle, comme si elle craignait de la perdre. Gabriel en aurait fait de même si le bébé avait été le sien.

Poppy toucha le bras de Dinah.

— J'espérais que vous trouveriez la paix, et que vous feriez un choix qui serait le meilleur pour vous et le bébé.

Lorsque la jeune maman releva les yeux, ils étaient pleins de larmes.

— Vous aviez raison, my lady. Je suis amoureuse. Je ne pourrai jamais la laisser partir.

— Bien sûr que non.

Gabriel n'arrivait pas à croire qu'elle puisse le dire sans une hésitation. Il se sentait incapable de parler, même si sa vie en avait dépendu.

— Je suis si heureuse que nous ayons pu vous aider à devenir mère et à vous procurer un havre de paix, poursuivit Poppy, caressant le bras de Dinah. Lorsque vous serez rétablie, nous pourrons discuter de l'avenir. Votre futur : le vôtre et celui de votre fille.

Dinah hocha la tête et se passa une main sur les yeux.

— J'ai réfléchi à ce dont vous m'aviez parlé, de devenir l'enseignante de Hartwell House. Cela me plairait beaucoup.

La joie illumina les yeux de Poppy ; une vraie joie, au milieu de cette déception écrasante.

— Merveilleux ! Nous aurons besoin de régler les détails, mais nous avons de nombreux projets pour Hartwell House, et maintenant, vous en ferez partie.

— Merci, répondit Dinah, dont le regard oscillait entre la marquise et son mari, les yeux brillants à nouveau. Jamais je ne pourrai vous remercier assez. Vous avez changé ma vie. Vous m'avez *donné* la vie. Comme c'est approprié que cela arrive le jour de la Saint-Nicolas.

La jeune maman s'interrompit, puis elle sourit à sa fille.

— S'il avait été un garçon, je l'aurais appelé Nicholas.

— Et pourquoi pas Nicole ? suggéra Poppy.

— Oh ! C'est parfait !

Dinah tapota doucement le nez de sa fille du bout du doigt. Le bébé renifla et sa mère rit doucement.

— Nicole, mon amour.

Il fallait que Gabriel s'en aille.

— Poppy, nous devrions les laisser se reposer.

— Oui, tu as raison.

Avec une dernière tape sur le bras de Dinah, Poppy fit ses adieux et sortit de la pièce.

Ils discutèrent brièvement avec Judith, qui prévoyait de rester avec la jeune maman au moins quelques jours de plus. La marquise lui dit qu'elle verrait avec Mme Armstrong s'il était possible de déménager Dinah et Nicole à Hartwell House. Gabriel les entendit échanger des idées sur les moyens d'y parvenir, mais il n'écoutait pas leurs mots. Il était de retour dans cette chambre avec sa mère.

Sans qu'il sache comment, rapidement, Poppy et lui étaient installés dans le cabriolet. Il prit les rênes et se mit en route vers Darlington Abbey, ses muscles remuant comme s'il était un automate. Au bout de plusieurs minutes, Poppy expira et se colla contre lui.

— Quelle longue journée !

— J'ai trouvé ma mère morte.

Les mots dévalèrent sa bouche comme une avalanche de rochers qui menaçaient de l'écraser s'il ne s'enfuyait pas. Gabriel n'avait nulle part où s'en aller en courant.

Poppy se raidit à ses côtés. Il ne la regardait pas, mais il sentait son regard sur lui, comme les rayons du soleil par une chaude journée d'été. Mais il n'avait pas chaud. La nuit était fraîche, et il avait encore plus froid à l'intérieur. De manière absurde, il se demanda si c'était ce que ressentait le frère de Poppy.

— Tu ne me l'avais jamais dit, constata-t-elle d'une voix douce.

— Je ne m'en suis souvenu que ce soir.

Elle posa sa main sur la cuisse de son mari sous la couverture qu'elle avait remontée sur leurs genoux.

— Voilà pourquoi tu es devenu si pâle. J'ai eu peur que tu t'évanouisses.

— C'était l'odeur. Celle de la naissance, je suppose.

Il secoua légèrement la tête, le regard fixé sur la route sombre, à peine éclairée par les lanternes accrochées aux flancs du cabriolet.

— Cela a déclenché le souvenir ?

Il déglutit alors que la scène lui revenait par bribes ; il ne voulait pas la voir en entier.

— Je voulais seulement la voir, lui dire à quel point j'étais désolé que mon frère soit mort.

— Il est mort-né…

— Oui. Mon père m'a dit que je ne pouvais pas aller la voir, qu'elle était fatiguée et qu'elle ne se sentait pas bien. Mais il fallait que je la voie…

Sa voix commença à se briser. Il agrippa les rênes, heureux que le trajet soit court et qu'ils soient proches de l'écurie.

— Gabriel.

L'angoisse dans la voix de sa femme faillit le faire craquer.

— Je t'en prie, non, Poppy, murmura-t-il. Je ne peux pas.

Il la conduisit jusqu'à la porte latérale et arrêta le cabriolet.

— Va à l'intérieur. Il fait froid.

— Je vais aller à l'écurie avec toi, et nous pourrons marcher ensemble jusqu'à la maison.

— Non. S'il te plaît, vas-y.

Elle se tourna vers lui, il la sentit bouger.

— Je ne te quitte pas. Pas comme ça. Tu es bouleversé.

— Poppy, *vas-y*.

Il l'entendit inspirer brusquement et sentit son corps se raidir à côté de lui, ce qui n'apaisa en rien le mal qu'il éprouvait intérieurement. Au contraire, il avait l'impression d'avoir encore plus échoué. Elle méritait un enfant, et il ne pouvait pas lui en donner un.

Elle sortit du cabriolet et entra dans la maison, se tournant vers lui lorsqu'elle atteignit la porte.

Gabriel ne fut pas capable de croiser son regard. Il aurait dû au moins l'aider à sortir du véhicule, mais il était tellement absorbé par ses souvenirs. Par le passé douloureux.

Par l'avenir lugubre.

Il se rendit à l'écurie et se chargea lui-même du cheval pendant que les palefreniers s'occupaient de la sellerie et du véhicule. Il procéda lentement, sans se soucier de la durée de la tâche. Il n'y avait aucun endroit où il aurait voulu ou dû se trouver.

Oui, c'était la Saint-Nicolas. Une journée de don et de partage. Il ne s'était jamais senti aussi dépourvu.

~

— *D*is-moi à quel point tu aimes être mariée, demanda Poppy à Bianca alors qu'elles roulaient vers Hartwood.

Si elle parvenait à détourner la conversation d'elle-même, elle pourrait ne pas s'effondrer. Pourtant, elle se demandait si cela ne lui ferait pas du bien de discuter de ses problèmes avec quelqu'un. Non, pas avec quelqu'un. Avec sa sœur.

Bianca rit, et Poppy se saisit de ce son magnifique, se délectant de sa joie et de sa chaleur.

— Cela ne fait qu'une semaine. Mais c'est vraiment merveilleux.

Elle jeta un regard complice à Poppy, qui ne put s'empêcher de rire à son tour.

— Je vois, murmura Poppy. Je suis heureuse que tu sois comblée. Tu as très bien choisi. Ash est parfait pour toi.

Souriant, Bianca ajusta sa cape autour d'elle, se pavanant presque.

— Oui, il l'est. Il est très enthousiaste à propos du nouveau Shield's End, dit-elle, inclinant la tête sur le côté. Ce sera étrange de ne plus parler de l'institution pour femmes démunies sous le nom de Hartwell House. Peut-être devrions-nous le conserver.

— Sauf que Hartwell House continuera d'exister en tant qu'école.

Bianca souffla.

— C'est vrai. Il nous faudra simplement nous adapter. Shield's End sera l'institution, et Hartwell House l'école, poursuivit-elle, secouant la tête en souriant. Ce sera tellement beau quand tout sera terminé.

Elle s'interrompit, puis regarda sa sœur.

— J'ai été très heureuse d'apprendre que Dinah avait accepté d'enseigner aux enfants.

Le nom de Dinah frappa Poppy de plein fouet, rouvrant la blessure qu'elle avait tenté de guérir au cours des six derniers jours. C'était d'autant plus difficile que Gabriel lui parlait à peine. Il ne s'adressait pratiquement à personne. Et il ne dormait pas dans leur lit.

Poppy avait rendu visite à Dinah et Nicole à plusieurs reprises. Elles s'en sortaient plutôt bien. Dinah s'occupait déjà de son cottage, et sa fille était un gros bébé en bonne santé. Le Dr Fisk était très satisfait de leur rétablissement. Judith retournerait à Hartwell House dans quelques jours.

— Elle sera merveilleuse dans ce rôle, déclara Poppy. Nous avons discuté de la manière dont elle entendait procéder, et elle a longuement réfléchi à ce poste. Elle aimerait commencer après l'Épiphanie, mais je lui ai conseillé d'y aller doucement.

— En effet. Elle a déjà fort à faire, j'imagine, dit Bianca avant de se taire un moment, les yeux rivés sur Poppy. Est-ce que c'est difficile ? De passer du temps avec Dinah et son bébé ?

Poppy se crispa, en dépit de la voix douce de sa sœur.

— Non.

C'était un mensonge. Pourquoi mentir à sa sœur ?

— Oui. Mais je suis très heureuse pour elle, je suis ravie qu'elle ait décidé de rester et d'être la mère de Nicole.

— Cela ne rend pas les choses plus faciles pour autant.

Bianca fronça les sourcils et fit la moue. Poppy lisait la compassion dans les yeux de sa sœur.

— Je suis désolée.

— Ce qui m'inquiète le plus, c'est Gabriel, dit-elle, n'évitant plus le sujet. La naissance a fait ressurgir des souvenirs de la mort de sa mère. Il a été incroyablement bouleversé.

— Est-ce que cela t'a fait le même effet ? s'enquit Bianca.

Poppy secoua la tête.

— Cela ne m'a pas rappelé notre mère. Je ne me souviens pas du tout d'elle. Gabriel était bien plus âgé que moi lorsqu'il a perdu la sienne.

Elle s'interrompit avant de révéler à quel point elle était inquiète.

— Vous vous en sortirez, affirma Bianca avec une confiance que sa sœur ne ressentait pas. Je prie pour que mon mariage avec Ash soit aussi aimant et attentionné que l'est le tien avec Gabriel. Vous vous soutenez mutuellement, et vous vous aimez.

Elle adressa à Poppy un petit sourire admiratif, puis ajouta :

— C'est beau à voir.

La marquise cligna des yeux, puis regarda par la fenêtre. Elle était consciente que Bianca essayait de l'aider, mais ses paroles ne faisaient que lui rappeler qu'ils ne se soutenaient absolument pas en ce moment. Et à quel point elle voulait être présente pour Gabriel. S'il la laissait faire.

Poppy renifla et se redressa.

— Et si nous discutions de la manière dont nous allons procéder aujourd'hui ? Qu'espérons-nous retirer de notre visite à Calder ?

Elles avaient discuté de l'opportunité de rendre visite à leur frère, et avaient décidé qu'il était grand temps.

— Nous avons tant de choses à lui dire, dit Bianca en pinçant les lèvres. Par où commencer ?

— Je meurs d'envie de l'étriller pour ne pas avoir assisté à votre mariage.

Bianca sourit.

— Il ne l'approuvait pas.

— Il fait des simagrées ! s'exclama Poppy, l'air dégoûté.

— Après l'avoir réprimandé à ce sujet, fustigeons-le pour son refus de soutenir Hartwell House. L'institution tombe en ruine, et il pourrait aider à la réparer dès demain.

— *Le fustiger ?* ricana Bianca. Dis donc, Poppy, est-ce que je détiens sur toi ?

— Cela devait bien finir par arriver.

D'ailleurs, Poppy avait sa part de problèmes. Elle n'avait pas besoin d'en avoir plus avec son idiot de frère.

— Nous ne devons pas oublier de parler aussi de l'assemblée. Il devrait vraiment y assister.

— Pourquoi, pour pouvoir promener son nuage noir partout ? grogna doucement Poppy. Mes excuses. Je décharge ma frustration sur Calder.

— Je ne vois personne qui le mérite davantage, murmura Bianca.

Elles arrivèrent à Hartwood, et Truro, le majordome, les accueillit chaleureusement.

— Puis-je me permettre de vous dire que le mariage vous va très bien, Lady Bianca ? demanda-t-il avant de secouer la tête. Pardonnez-moi, Lady *Buckleigh*.

— Vous avez raison, Truro, répondit-elle gaiement. Et, je vous en prie, ne vous souciez pas des convenances avec *moi*.

Elle agita les sourcils et il ne put s'empêcher de rire.

— Et Lady Darlington, permettez-moi de vous dire que c'est un plaisir de vous voir.

— Merci, Truro. Je suis ravie de vous voir également. J'espère que notre frère ne vous cause pas trop de soucis.

Elles lurent dans le regard de Truro de la surprise et peut-être… de la reconnaissance.

— Pas du tout, my lady.

— Vous pouvez être honnête avec nous, dit Bianca d'un ton conspirateur, se penchant vers le majordome. Nous savons comment Monsieur s'est comporté. Et nous sommes là pour y remédier.

— Eh bien, vous pouvez essayer, my lady.

Il écarquilla brièvement les yeux et hocha une fois la tête, la gardant baissée un court instant.

Bianca inclina la sienne avec détermination.

— C'est ce que nous allons faire. Pourriez-vous faire savoir au duc que nous sommes ici ? Nous l'attendrons dans le salon.

Poppy et Bianca remirent leurs vêtements d'extérieur à un valet de pied, puis se rendirent au salon. La plus jeune des sœurs observa la pièce comme si elle n'y était jamais entrée.

— C'est étrange d'être ici en tant qu'invitée.

— Oui, il m'a fallu un peu de temps pour m'y habituer.

Poppy ignorait si c'était à cause de sa situation actuelle ou de la froideur de Calder, mais jamais elle ne s'était sentie aussi mal à l'aise ici.

— Il n'a même pas décoré, constata Bianca en s'approchant de l'âtre. Il devrait y avoir des rameaux par ici. Et du gui.

— Mes sœurs sont arrivées.

La voix grave de leur frère les poussa à se retourner vers

l'embrasure de la porte. Il l'emplissait d'une manière impressionnante avec sa taille massive et ses larges épaules. Ses yeux gris glacé les observèrent brièvement, comme s'il n'était pas totalement ravi de les voir. Non, « ravi » n'était pas un mot que l'on aurait utilisé pour décrire Calder, surtout si l'on en croyait les lignes dures autour de sa bouche et les sillons quasi constants qui barraient son front.

Bianca fronça les sourcils.

— Il faut encore que tu travailles tes salutations.

— Tu dois travailler sur beaucoup de choses, ajouta Poppy, avant de grimacer intérieurement.

Elle n'avait pas eu l'intention de débuter ainsi… qu'est-ce qui n'allait pas chez elle ? Elle était en colère. Et triste. Et elle avait besoin de quelque chose qu'elle pouvait réparer.

Calder entra dans la pièce et alla s'asseoir dans un fauteuil à haut dossier situé près d'un canapé. Il ne les invita pas à s'asseoir.

— Allez-y, je vous écoute. Puisque vous avez fait tout ce chemin. Mais soyez brèves. Je suis assez occupé.

— Avec quoi ? s'enquit Bianca qui s'avança vers lui et se laissa tomber sur le canapé. Tu n'as pas de femme. Tu n'aides pas Hartwell House. Tu n'es pas l'hôte de la Saint-Étienne. Qu'est-ce que tu fais ?

— Je suis duc.

Son regard gris glacé était plus froid qu'un bloc de glace et son ton hautain. Poppy vint prendre place à côté de sa sœur.

— Je suis une marquise mariée, et je parviens quand même à consacrer du temps à Hartwell House. Et à la Saint-Étienne. Et à bien d'autres choses encore.

— Tu es une femme.

Bianca plissa les yeux.

— Fais attention, Calder, sinon je n'hésiterai pas à te lancer quelque chose à la tête.

— Si vous êtes vraiment venues toutes les deux pour me réprimander, vous avez perdu votre temps, dit-il, commençant à se lever.

— Assieds-toi, lui intima Poppy. S'il te plaît. Nous souhaitons te parler de Hartwell House. Le bâtiment est en très mauvais état, et si tu rétablissais l'aide que notre père apportait, nous pourrions…

— Non.

Bianca tendit la main pour serrer celle de Poppy.

— Pourquoi pas ?

— Parce que je n'ai pas les fonds nécessaires.

— C'est absurde, argumenta Bianca. Si notre père pouvait se le permettre, pourquoi pas toi ? As-tu mal géré les affaires si rapidement ?

Le regard de Calder devint plus froid, si c'était encore possible.

— Comment sais-tu qu'il pouvait se le permettre ? demanda-t-il d'une voix si douce qu'elle en paraissait menaçante.

Poppy avait l'impression de ne pas du tout connaître cet homme. Sa colère commençait à céder la place à l'inquiétude.

— Serais-tu en train de dire que notre père gérait mal les affaires ?

— Je dis que vous ne savez rien du tout du domaine, ou de ce que je peux me permettre. De plus, vous ne devriez pas m'importuner à ce sujet. Vous êtes toutes les deux mariées maintenant, dit-il avec un regard lapidaire adressé à Bianca. Je pensais que vous accorderiez toute votre attention à vos maris.

Poppy ne pouvait plus se contenir.

— Oui, nous sommes mariées. Pourquoi n'es-tu pas venu au mariage de Bianca ? Nous savons que tu étais invité.

— Je n'approuvais pas son choix de mari. C'est un pugiliste brutal qui n'arrive pas à se contrôler. Pourquoi apporterais-je mon soutien à quelque chose que je ne peux pas approuver ?

Poppy laissa échapper un faible gémissement de frustration.

— Qu'est-ce qui t'est arrivé ? Pourquoi es-tu si horrible, si insensible ?

Il commença à se relever et se mit complètement debout cette fois.

— S'il n'y a rien d'autre…

— Oh, il y a beaucoup d'autres choses ! rétorqua Bianca. Comme par exemple ton refus d'organiser la fête de la Saint-Étienne. Savais-tu que nous avions l'intention de la faire à Shield's End ?

— L'endroit a brûlé.

Bianca lâcha la main de Poppy et se leva, le fusillant du regard.

— Oui, et Ash te remercie de t'en préoccuper, dit-elle en faisant un pas vers lui. Pourquoi ne réponds-tu pas à Poppy ? Qu'est-ce qui t'a rendu ainsi ? Comment peux-tu tourner le dos à ceux qui sont dans le besoin ? Plusieurs des chambres de Hartwell House ont des fuites. L'institution regorge de pensionnaires. En attendant la reconstruction de Shield's End, nous devons rendre Hartwell House plus habitable. Tu *dois* nous aider.

— Je ne dois rien faire. Si ton mari et toi, dit-il en regardant Poppy, ainsi que vous deux voulez gaspiller votre argent dans une entreprise qui ne vous rapportera rien, vous n'êtes que des écervelés.

Poppy se dressa sur des jambes tremblantes, échangeant un regard incrédule avec sa sœur.

— Écervelés ? répétèrent-elles à l'unisson, leurs voix grimpant dans les aigus.

Il haussa les épaules.

— Il n'y a rien à gagner à dorloter les moins favorisés.

Cette institution devrait être transformée en véritable hospice. Je suis d'ailleurs en train d'étudier les moyens d'y parvenir.

Les deux sœurs en restèrent bouche bée, et Bianca retrouva sa voix en premier.

— Tu ne peux pas. Mme Armstrong ne te laissera jamais transformer son institution en hospice.

— Eh bien, je suis le magistrat du comté, et c'est à moi de veiller à ce que notre communauté soit bien organisée. Hartwell House ne sera sans doute pas autorisée à poursuivre ses activités en l'état. L'institution devrait être gérée par la paroisse.

— Hartwell House n'est pas anarchique ! s'exclama Poppy, à deux doigts de s'étouffer d'indignation.

La cruauté de son frère et son mépris pour les moins fortunés la choquaient au plus haut point. Bianca posa une main sur l'avant-bras de Poppy.

— Poppy, ce n'est pas la peine. Je crains qu'il ne soit perdu pour nous. Regarde autour de toi. Il n'y a pas la moindre joie ici. Pas de chaleur, décrivit-elle en jetant un regard plein de pitié à son frère. Et dire que je voulais te convaincre de venir à l'assemblée.

Il pinça les lèvres.

— Quelle assemblée ?

— L'assemblée pour les fêtes, qui aura lieu *dans deux jours*, précisa Bianca. Nous l'organisons chaque année. Mais d'un autre côté, tu n'y es jamais. Tu n'es pas venu ici depuis plus de dix ans. Maintenant que tu es de retour, tu as complètement détruit l'héritage de notre famille.

Bianca s'approcha, se plaçant juste devant lui, pour qu'il n'ait d'autre choix que de la regarder dans les yeux.

— Qu'est-ce qui t'est arrivé ? demanda-t-elle doucement, essayant de faire passer dans sa voix une note de compassion.

Ce n'était pas difficile. Il était son frère. Quelque part au fond de lui se trouvait le garçon qui les emmenait jouer aux pirates dans la propriété.

Il la regarda, mais la connexion fut brève. Son malaise et son antipathie irradiaient de lui comme une odeur nauséabonde impossible à effacer.

— Rien.

— Felicity Garland est de retour, annonça Poppy, en quête d'une réaction même minime de sa part.

Là. Une légère lueur dans ses yeux, qui s'estompa si rapidement qu'elle aurait pu tout aussi bien l'imaginer.

Il cligna des yeux, inclinant légèrement la tête comme s'il était agacé.

— Felicity qui ?

À cet instant, elle sut qu'il ne faisait que mentir. Poppy ricana et se détourna de lui.

— Oui, je confirme, c'est une cause perdue. Viens, allons-nous-en, dit-elle à sa sœur. Il fait bien plus chaud dehors qu'ici.

— Oui, faites donc. Retournez auprès de vos maris. Retournez à vos vies *heureuses.*

Poppy s'était tournée pour partir, mais elle pivota brusquement pour le regarder. Bianca fit de même. Toutes les deux l'étudièrent un instant avant de sortir du salon, bras dessus, bras dessous.

— Pourquoi suis-je en train de me demander quand nous le reverrons ? interrogea Poppy.

— Parce que cela pourrait ne pas arriver avant très, très longtemps, répondit Bianca d'un ton sombre.

Poppy craignait qu'elle ait raison.

CHAPITRE 8

près avoir fait leurs adieux à Truro et s'être excusées de ne pas avoir réussi à faire avancer les choses avec le duc, Poppy et Bianca montèrent dans le carrosse de Buckleigh et prirent la route vers Hartwell House. Malheureusement, elles n'auraient pas de bonnes nouvelles à leur apporter. Poppy avait envie d'y retourner et d'étrangler son frère.

— Maintenant, c'est toi qui as l'air d'avoir envie de commettre un meurtre, dit Bianca.

Lorsque Poppy la regarda d'un air alarmé, Bianca se mit à rire.

— C'est ce dont tu m'as accusée le jour où tu es venue me chercher pour m'emmener à la partie de campagne de Thornaby.

Poppy se détendit contre la banquette.

— C'est vrai. Eh bien, maintenant, je comprends, dit-elle.

Elle comprenait beaucoup de choses, y compris l'influence de Felicity Garland.

— Je crois que Felicity a quelque chose à voir avec son

changement, dit Bianca, tapotant le côté du carrosse du bout du doigt.

— J'étais en train de me dire la même chose. Crois-tu qu'elle nous le dirait si nous lui posions la question ?

— Cela vaut la peine d'essayer, répondit Bianca. En attendant, nous devons accepter l'idée que notre frère ait disparu.

— Je ne suis pas prête à l'abandonner.

Poppy avait du mal à croire qu'elle disait cela. Cependant, comme elle ne pouvait pas avoir d'enfants, elle était bien consciente de la petite taille de leur famille. Ils devaient être là les uns pour les autres, même quand l'un d'entre eux était, pour citer Gabriel, un « porc misérable ».

À leur arrivée à Hartwell House, elles apportèrent des paniers de friandises provenant des cuisines de Buckleigh et de Darlington. Mme Armstrong les accueillit et les conduisit dans le salon, où les enfants étaient réunis pour leur histoire de l'après-midi.

Une petite fille, qui devait avoir environ cinq ans, prénommée Susan, se précipita sur Bianca et lui passa les bras autour des jambes.

— Lady Bianca ! Êtes-vous venue nous faire la lecture ?

Bianca éclata de rire.

— Eh bien, oui.

Elle jeta un coup d'œil à Mme Armstrong, qui acquiesça, puis regarda Poppy.

— Je ne leur fais jamais la lecture quand Lady Buckleigh est ici. Pourquoi voudraient-ils de moi alors qu'ils peuvent avoir Madame ?

— Oui, Bianca est très douée pour interpréter toutes les voix et insuffler de l'enthousiasme à son récit.

— Cela me donne aussi l'occasion de vous parler de Judith. Et de Dinah, expliqua la directrice en conduisant Poppy dans le salon. J'ai hâte de retrouver Judith. Êtes-vous certaine que Dinah est suffisamment remise pour se débrouiller seule ?

Poppy retira sa cape et son chapeau qu'elle déposa sur le bord du canapé.

— Je pense que oui. Dinah est devenue mère assez naturellement.

— C'est ce que Judith a dit dans sa dernière lettre. Je suis ravie de l'apprendre. Choquée, mais ravie. Judith a également dit que Nicole était un bébé adorable.

— Elle l'est, en effet, approuva Poppy, se préparant à l'éventualité où Mme Armstrong souhaiterait discuter de leur incapacité commune à avoir des enfants.

La directrice prit un siège près de l'âtre.

— Et vous pensez qu'elle fera un bon professeur ici ?

Poppy déposa ses gants sur sa cape.

— Oui. J'ai passé pas mal de temps avec elle ces dernières semaines et je l'aime beaucoup. Sa transformation depuis son accouchement a été tout à fait extraordinaire. Si l'on se fie à son comportement avec Nicole, elle sera merveilleuse avec les enfants. Elle avait simplement peur. Elle ne pensait pas avoir le droit d'être mère.

— La pauvre chérie. J'aimerais l'avoir ici, ainsi que le bébé. Je suis heureuse que tout se soit arrangé en ce qui la concerne.

Une fois encore, son regard se posa sur Poppy de telle sorte que la marquise s'attendait à ce qu'elle mentionne que Dinah avait un enfant, alors qu'elle ne pouvait pas en avoir.

Dans l'espoir d'éviter le sujet, elle se dirigea vers le feu pour se réchauffer.

— Il fait froid aujourd'hui.

— Oui, c'est gentil d'être venue.

Se détendant, Poppy réorienta la conversation.

— Nous avons rendu visite à notre frère dans l'espoir de

le persuader de rétablir son soutien à Hartwell House. Je suis navrée de vous dire que nous n'avons pas réussi.

Mme Armstrong soupira.

— J'apprécie que vous ayez essayé. Nous devrons continuer à nous débrouiller. Cela fait bien longtemps que j'ai appris à ne pas me faire d'illusions.

Une vague de frustration parcourut Poppy, qui se tourna vers Mme Armstrong.

— Ce n'est pas normal. Vous devriez pouvoir compter sur le soutien de la communauté, en particulier de ceux qui sont le plus à même de vous aider.

Même si Poppy ne connaissait pas les comptes du duc de Hartwell, elle ne pouvait pas croire que Calder n'avait pas les moyens de l'aider ni que leur père avait mal géré quoi que ce soit.

— Votre indignation en notre nom fait chaud au cœur.

Plus elle réfléchissait à l'avarice inexplicable de son frère, plus sa colère enflait.

— Mon père ne serait pas content. Je ne comprends pas Calder. Il n'a pas fait montre du moindre remords, raconta Poppy qui se mit à faire les cent pas devant la cheminée. Quand je pense qu'il est seul dans cette immense maison alors qu'il y a des fuites dans vos chambres et que vous avez à peine assez de lits… et même plus assez lorsque Dinah arrivera !

Poppy se sentit soudain étourdie : ses jambes flageolèrent, et elle dut se soutenir avec le manteau de la cheminée.

Mme Armstrong fut près d'elle en un clin d'œil, son bras enserrant la taille de Poppy.

— Tenez, asseyez-vous, lui dit-elle en guidant Poppy vers le canapé. Est-ce que vous allez bien ?

— J'ai juste un peu le tournis, dit la marquise alors qu'une rougeur montait dans son cou. Et j'ai peut-être un peu trop chaud. Je crois que j'étais trop près du feu.

Plaçant une main sur le front de Poppy, Mme Armstrong pinça les lèvres.

— Vous n'avez pas trop chaud. Voudriez-vous vous allonger ?

— Je crois que ça va.

Le vertige reprit, accompagné d'une vague de nausées. Poppy plaqua une main sur sa bouche et ferma les yeux, s'adossant au canapé.

— Oh, doux Jésus ! Je reviens tout de suite.

Mme Armstrong se précipita vers la porte.

— Pourriez-vous apporter quelques biscuits ou gâteaux ? demanda Poppy.

— Vous voulez manger ? s'étonna Mme Armstrong.

— Un petit morceau, peut-être.

Elle avait déjà ressenti un malaise comme celui-ci la veille et le jour d'avant, et quelques bouchées de biscuit l'avaient remise d'aplomb.

Poppy ferma les yeux en attendant le retour de Mme Armstrong. Au bout de quelques minutes, le bruit de chaussures sur le parquet lui fit rouvrir les paupières.

— Tenez, dit Mme Armstrong, posant un linge froid sur le front de Poppy. Voilà qui devrait aider. Et voici un gâteau Banbury.

Elle tendit à Poppy un petit gâteau triangulaire parsemé de groseilles.

Cette dernière en prit une bouchée qu'elle mâcha lentement avant d'en croquer une deuxième. Après quatre morceaux, elle posa le gâteau sur l'assiette que Mme Armstrong avait placée sur la table à côté du canapé.

— Merci, c'est mieux.

La directrice reprit sa place dans son fauteuil, sans jamais quitter Poppy des yeux.

— Depuis combien de temps vous sentez-vous comme ça ?

— Quelques jours, mais la sensation est le plus souvent fugace, elle survient dans l'après-midi pendant une courte période. Je ne dors pas particulièrement bien.

À cause de Gabriel. Il ne dormait pas dans leur lit et elle savait qu'il souffrait.

— Ce doit être ça, alors.

Mme Armstrong avait l'air presque... déçue. Elle détourna le regard vers le feu.

— Vous soupçonniez autre chose ?

— C'était idiot, et je ne devrais même pas en parler, commença-t-elle, jetant un regard nerveux à la marquise. C'est juste que... dès votre arrivée, vous avez semblé différente. Je ne voulais pas en tirer de conclusions, mais après ça...

Elle s'interrompit, puis agita la main.

— S'il vous plaît, pardonnez-moi.

L'inquiétude déclencha des picotements dans le cou de Poppy. Elle se redressa, retira le linge de son front, puis se pencha vers Mme Armstrong.

— Dois-je m'inquiéter ?

— Je ne crois pas, mais ce n'est pas possible. Je veux dire, c'est possible, je suppose...

À présent, la marquise se sentait de plus en plus frustrée ; une autre vague de nausée la surprit. Elle tamponna ses joues avec le linge.

Les yeux de Mme Armstrong brillaient d'inquiétude.

— Vous vous sentez encore malade ?

— Un peu. Si vous avez des informations qui pourraient m'aider à éviter cela, j'apprécierais que vous les partagiez.

— Pardonnez mon audace, mais quand avez-vous eu vos menstruations pour la dernière fois ?

Poppy réfléchit et compta. La nausée reflua de son estomac, et une étrange sensation se répandit dans ses membres. La pièce se brouilla légèrement, puis devint très nette.

— Cela fait trop longtemps, murmura-t-elle.

Cela faisait maintenant plus d'un an qu'elle comptait et suivait avec attention ses saignements. Son cycle était toujours le même. *Toujours.*

Jusqu'à maintenant. La directrice vint s'asseoir à côté d'elle et lui prit la main.

— Vous sentez-vous différente à d'autres égards ? Fatiguée ? La poitrine plus sensible ?

Oui, mais là encore, elle avait attribué cela à Gabriel. Elle était fatiguée parce qu'elle ne dormait pas bien. Et ses seins lui faisaient un peu mal parce qu'il ne les touchait plus et que cela lui manquait. Mais c'était absurde, elle s'en rendait compte maintenant.

Après tout ce temps, elle était enceinte. Elle le sut aussi clairement qu'elle savait que Mme Armstrong était assise à côté d'elle.

Poppy posa le linge sur ses genoux, sans se soucier de mouiller sa jupe.

— Que dois-je faire ?

— Vous réjouir.

Mme Armstrong lui sourit, puis entoura Poppy de ses bras pour une étreinte féroce.

La serrant contre elle en retour, la marquise se mit à rire. Puis Mme Armstrong se joignit à elle. Bientôt, toutes les deux luttaient pour respirer et se tamponnaient les yeux.

— Lord Darlington va être ravi ! s'exclama Mme Armstrong, rayonnante.

Poppy était impatiente de le lui annoncer. Cela le sortirait de sa mélancolie et ils pourraient se tourner ensemble vers l'avenir.

L'avenir. La naissance de leur enfant.

Gabriel serait terrifié.

Elle songea à la façon dont la naissance de Nicole l'avait

affecté, aux souvenirs qu'elle avait réveillés, et aux dommages que ceux-ci avaient causés.

— Je ne sais pas comment le lui dire, murmura-t-elle, ressentant la peur de son mari comme si c'était la sienne.

Surprise, Mme Armstrong cligna des yeux.

— Pourquoi ?

— Il… a peur. Sa mère est morte peu après avoir accouché. Tout comme sa sœur.

— Tout comme votre mère, ajouta la directrice en hochant la tête. De toute évidence, vous devez lui dire.

Son ton était ironique, mais bienveillant.

Poppy se demanda si elle ne pourrait pas attendre jusqu'à ce qu'elle y soit obligée, jusqu'à ce que son état devienne évident. Elle ne voulait pas l'inquiéter, surtout si elle n'était pas vraiment enceinte. Ou pire, si quelque chose arrivait et qu'elle ne menait pas cette grossesse à terme.

À présent, la peur de Gabriel était la sienne. Elle ne pouvait pas le lui dire.

Et pourtant, quand elle se rappelait qu'il lui avait caché Dinah de peur de la faire souffrir, elle savait qu'il ne pouvait pas y avoir de secrets entre eux. La douleur, la peur, la perte et le chagrin faisaient partie de la vie et ils s'étaient promis de les partager, de les affronter et de les combattre ensemble.

Poppy adressa un signe de tête à Mme Armstrong.

— Je le lui dirai. Bientôt.

En attendant, elle se confierait à Bianca qui serait ravie. Poppy priait pour que tout se passe bien.

La directrice lui adressa un sourire encourageant.

— Vous avez traversé tant d'épreuves ! Vous méritez ce bonheur.

Même si c'était vrai, Poppy ne pouvait s'empêcher de penser que Mme Armstrong l'avait mérité aussi, mais qu'elle n'avait pas eu cette chance.

Oui, il y avait de la douleur et de la déception, mais il y

avait aussi de l'amour et de l'acceptation. Elle balaya du regard le magnifique foyer que Mme Armstrong et son mari avaient construit, et elle sut que, quoi qu'il arrive, elle irait bien. Non. Elle irait merveilleusement bien.

La vie était un cadeau, et elle en serait éternellement reconnaissante.

~

Gabriel n'avait jamais été doué pour la morosité, et pourtant, ces derniers temps, il avait l'impression de pouvoir décrocher la palme en la matière. Il observait le feu, un verre de cognac entre les doigts.

Poppy était rentrée après avoir passé la nuit chez sa sœur. Il avait été déçu qu'elle ne revienne pas après avoir visité Hartwood et Hartwell House, mais pouvait-il lui en vouloir ? Il n'était pas vraiment de bonne compagnie. En fait, il n'aurait pas été surpris qu'elle ne revienne jamais.

Mais elle l'avait fait.

Grommelant, il souleva son verre et constata qu'il était vide. *Bon sang !*

Se levant de sa chaise, il s'avança vers la table située à côté du lit dans la chambre où il avait emménagé une semaine plus tôt. Après que Dinah avait donné naissance à Nicole, réveillant ses pires démons et anéantissant son dernier espoir.

Fallait-il s'étonner qu'il ait passé la semaine dernière dans un état de stupeur ?

Et combien de temps encore comptes-tu continuer ?

La voix dans sa tête ressemblait à celle de Poppy. Il renifla en attrapant la bouteille pour s'apercevoir qu'elle était vide, elle aussi. *Mais bon sang !*

Il posa le verre avec un claquement et traversa la pièce.

Lorsqu'il ouvrit la porte, il inspira brusquement en voyant sa femme qui se tenait sur le seuil.

Elle portait une robe de chambre en velours rouge qui épousait ses courbes et les soulignait à la perfection. Ses cheveux noirs étaient rassemblés en une natte lâche qui pendait sur son épaule droite, et dont l'extrémité s'enroulait contre le renflement de son sein. Il avait envie de taquiner son mamelon avec ces fils de soie. Cette pensée érotique réveilla à moitié son membre.

— Puis-je entrer ?

Elle lui lança un regard hésitant qui lui donna l'impression d'être une bête sauvage.

Il se déplaça sur le côté et elle entra lentement. Il tint la porte en regardant ses fesses se balancer sous le tissu épais. L'eau à la bouche, il referma la porte.

Il était pire qu'une bête. Il convoitait sa femme alors qu'il n'était même pas digne d'elle. Elle se tourna vers lui, le menton haut.

— Quand retournes-tu dans notre lit ?

Il cligna des yeux. Elle avait donc l'intention d'aller droit au but.

— Bientôt.

Qu'est-ce que cela pouvait bien vouloir dire ? Elle inclina la tête sur le côté.

— Pour quelle raison l'as-tu quitté, pour commencer ?

— Tu sais pourquoi.

Ses mots n'étaient guère plus que des grognements. Proches de ceux d'une bête.

— Si j'avais su pourquoi, je n'aurais pas demandé, répondit-elle avec un regard troublé, les bras croisés. Je sais que tes souvenirs te bouleversent. Et probablement le fait de ne pas pouvoir élever Nicole comme si c'était la nôtre. Ces choses-là me perturbent aussi.

Elle s'approcha de lui et il se crispa. Il avait réussi à éviter de penser trop longtemps à l'une ou l'autre de ces choses. Le cognac l'avait aidé.

— Je suis profondément troublée, poursuivit-elle, son corps se balançant vers lui et ne s'arrêtant que lorsqu'elle toucha presque son torse. Et je ne veux pas être troublée seule.

— Poppy.

Il prononça son nom de façon hésitante, luttant pour garder son équilibre… et sa santé mentale.

— Je ne peux pas faire ça.

Elle haussa un sourcil.

— Je l'exige. Tu es mon mari. Tu as promis d'être à mes côtés dans la maladie et la santé, dans le bonheur et le malheur. Nous sommes *ensemble*.

Les émotions se bousculaient en lui et il se laissa aller à la facilité : la colère.

— Tu ne voulais pas partager ton chagrin avec moi, durant toutes ces semaines où tu t'es morfondue ici sans m'adresser la parole. Nous n'étions pas *ensemble* à ce moment-là.

Elle tressaillit, et il se sentit horriblement mal.

— Non, effectivement. Je regrette de ne pas t'avoir parlé. Parle-moi, Gabriel. Dis-moi ce que tu ressens.

— Non ! parvint-il à articuler par-delà la boule qui lui obstruait la gorge.

— Alors, dis-moi autre chose. Dis-moi que je te manque. Que tu m'aimes. Que tu me veux.

— Tu sais toutes ces choses, gronda-t-il alors que ses doigts le démangeaient de la toucher, de la revendiquer.

— Montre-moi.

C'était ce qu'elle lui avait dit des semaines plus tôt, lorsqu'il avait finalement réussi à percer sa carapace de chagrin. Elle venait habilement de retourner la situation contre lui. Oh, comme il l'aimait !

Il attrapa son dos et la ramena brutalement contre son torse. Il plongea son regard dans le sien, fasciné par la façon dont ses pupilles sombres s'élargissaient pour former des iris bleu gris à mesure que son excitation augmentait.

— Tu m'as manqué.

Il passa la main entre eux, et arracha les fermoirs qui maintenaient la robe de chambre fermée.

Le tissu s'ouvrit, et la bouche de Gabriel s'assécha. Si ses courbes étaient si visibles, c'était parce qu'elle ne portait rien en dessous de la robe écarlate.

— Je t'aime.

Il écarta le vêtement de ses épaules, le fit glisser le long de ses bras et s'imprégna de sa beauté. Depuis la colonne de son cou jusqu'à ses hanches évasées en passant par le renflement généreux de sa poitrine, et le creux de sa taille, il était envoûté.

Saisissant la tresse entre le pouce et l'index, il en fit glisser l'extrémité sur son mamelon nu. Il se dressa en un pic raide tandis qu'elle gémissait, rejetant la tête en arrière en fermant les yeux.

Son sexe frémissait de désir, son corps bouillonnait et son esprit débordait de passion.

— Je te veux.

Elle ouvrit les yeux et prit sa main libre.

— Alors, prends-moi.

Elle le conduisit jusqu'au lit où elle grimpa sur le matelas et s'étendit devant lui comme un somptueux buffet. Il y avait bien trop de plats délectables. Il ne savait pas par où commencer.

Il lui tenait toujours les cheveux. L'observant, il fit tournoyer l'extrémité de la tresse autour de son mamelon, décrivant des cercles plus larges à chaque tour. Elle se souleva du lit, se cambrant, en quête de plus de contact. Il se pencha et embrassa son autre sein, se servant de ses lèvres et de sa langue pour lécher et sucer sa chair.

Puis il abandonna ses cheveux et prit son sein, le serrant dans sa main tout en attirant l'autre mamelon dans sa bouche. Les cris de Poppy s'amplifièrent. Il lui en donna davantage, tirant et suçant fort.

Elle sursauta, plaquant une main dans sa nuque.

— Sois plus doux.

Il adoucit ses gestes, ses mains, ses doigts, sa bouche. Doucement, il prit les deux seins et passa ses pouces sur les mamelons. Elle cria son nom et plongea les mains dans ses cheveux.

Il y avait quelque chose… d'anormal. Elle semblait différente, et elle se comportait légèrement… différemment aussi. Ses seins semblaient plus lourds, presque plus gros, et elle était si sensible ! Presque trop sensible…

Il s'immobilisa.

— Poppy, tu vas bien ?

Elle ouvrit les yeux, prenant un moment pour se concentrer sur lui.

— Oui.

— En es-tu certaine ? Tes seins sont différents.

Elle écarquilla les yeux.

— Tu le vois ?

— Je vois quoi ?

Elle hésita, et Gabriel sentit la panique monter dans sa poitrine.

— Ils *sont* différents. Parce que je suis enceinte.

La pièce bascula. Gabriel chercha quelque chose à quoi se raccrocher, et trouva le pied du lit. L'agrippant fermement, il attendit que le monde se remette d'aplomb. Mais c'était impossible.

Elle était enceinte.

Ce jour qu'il avait craint, celui qu'il avait espéré ne jamais voir arriver, était là. Il allait la perdre.

Elle s'assit sur le lit et posa une main sur la taille de son mari, le serrant fort.

— Gabriel, tout va bien se passer.

Il secoua la tête.

— Tu n'en sais rien. Comment… ?

— Je pense que tu sais comment.

Elle lui adressa un sourire, et il n'eut plus qu'une seule pensée : *comment peux-tu sourire en cet instant ?*

— Mais, pourquoi, après tout ce temps ?

Elle haussa les épaules.

— Je n'en sais rien. Et je sais que tu as peur. Moi aussi. Je suis aussi ravie. Gabriel, c'est un cadeau…

En quoi le fait de la perdre était-il un cadeau ? C'était exactement le contraire. Il s'éloigna du lit, et elle le suivit.

— Ne fais pas ça, dit-il, secouant la tête. Je ne peux pas. Tu ne peux pas être… Non.

Il n'y aurait pas de fin heureuse. Rien que du malheur et du chagrin. Et un trou vide et béant devant lui, à la place de sa femme bien-aimée.

Gabriel se retourna et s'enfuit.

CHAPITRE 9

près s'être assoupi, car appeler cela dormir aurait été trop généreux, sur le petit canapé de son bureau, Gabriel était allé faire un tour à cheval dans le domaine. Puis il était allé dans la ville de Darlington. Il était à présent de retour sur le domaine, après avoir passé la journée à se promener presque partout. Il plissa les yeux vers le ciel, où le soleil venait de passer derrière un nuage élevé et se dirigeait vers l'horizon qu'il atteindrait dans quelques heures à peine. La journée était froide et venteuse, mais il ne ressentait absolument rien.

Non pas qu'il n'avait rien ressenti.

La révélation de la nuit précédente, à savoir que Poppy portait leur enfant, résonnait encore en lui. Cependant, après avoir passé la majeure partie de la nuit à faire les cent pas, à se retourner et à recommencer à faire les cent pas, il était parvenu à une sorte d'acceptation engourdie. Après tout, il ne pouvait rien faire pour remédier à la situation. Elle était enceinte et sa vie était désormais en danger.

Il cligna des yeux, et vit qu'il était arrivé au cottage de

Dinah. Une silhouette se promenait dans la cour, et il la reconnut, car elle portait son bébé.

Que faisait-elle ?

La fureur et la peur se déchaînèrent en lui, chassant son engourdissement. Il chevaucha jusqu'à la cour et descendit de sa monture, laissant paître l'animal. Il s'avança à grands pas vers Dinah, qui leva la tête vers lui.

— Bon sang ! Mais que faites-vous ? gronda-t-il. Vous et le bébé ne devriez pas être ici. Vous allez attraper la mort.

Il s'approcha d'elle, mais elle recula d'un pas, les yeux plissés.

— Absolument pas. Je viens juste de sortir, et nous ne resterons pas longtemps, dit-elle, pinçant les lèvres en le regardant. Il me fallait un peu d'exercice, si cela vous intéresse.

Il voyait à peine la tête de Nicole au milieu de la masse de couvertures qui l'emmaillotaient, et il comprit qu'elle devait avoir assez chaud. Pourtant, pourquoi risquer de tomber malade ?

— Vous devez faire plus attention.

— Je vous demande pardon, my lord, mais vous êtes-vous arrêté simplement pour me faire la leçon ? lui demanda-t-elle.

— Non.

Peut-être ? Il n'avait pas réellement eu l'intention de venir ici, et pourtant il était là. Puis il l'avait vue dehors avec le bébé et… il avait perdu le peu de sang-froid qui lui restait.

— J'ai remarqué que vous ne m'avez pas rendu visite depuis la naissance de Nicole, dit-elle en levant les yeux vers lui. Vous n'aimez pas les bébés ?

Il n'en connaissait aucun. Pourquoi en aurait-il été autrement ?

— J'ai été occupé.

— Vous n'étiez pas occupé avant sa naissance, répliqua-t-elle.

Elle prit une grande inspiration, et une lueur de sympathie réchauffa son regard.

— Je sais que Lady Darlington et vous espériez l'élever. Je sais que vous n'avez pas d'enfants et, vu depuis combien de temps vous êtes mariés, il est peu probable que vous en ayez.

Gabriel eut envie de rire, mais il craignait de se mettre à pleurer à la place.

— Il se trouve que Lady Darlington attend un enfant.

Pourquoi le lui avait-il dit ?

La joie illumina le visage de Dinah.

— C'est merveilleux ! s'exclama-t-elle, juste avant de froncer les sourcils. Pourquoi était-elle bouleversée, alors ?

— Que voulez-vous dire ? l'interrogea Gabriel, même s'il se doutait de la réponse.

— Chaque fois qu'elle nous a rendu visite depuis la naissance de Nicole, je l'ai sentie perturbée. Quelque chose la préoccupe profondément, expliqua-t-elle, l'étudiant attentivement. Vous ne l'avez pas vu ?

— Je l'ai vu, soupira-t-il. C'est ma faute.

Dinah cligna des yeux, et afficha une mine soucieuse.

— Alors, pourquoi n'arrangez-vous pas les choses ? Lady Darlington est l'une des personnes les plus gentilles et les plus charmantes que j'aie jamais rencontrées.

— C'est plutôt, euh, compliqué.

— Comment est-ce possible ? Si vous dites que c'est vous qui êtes à l'origine de sa contrariété, éliminez-en la cause.

Le bébé s'agita dans ses bras, et Dinah ajusta sa prise autour de lui.

— Vous avez tous les deux beaucoup de chance d'être ensemble. Je donnerais n'importe quoi pour avoir un mari qui m'aide. Qui me soutienne. Qui m'aime.

Les paroles de la jeune femme étaient comme autant de

flèches qui transperçaient sa peur et son angoisse. Oui, ils avaient de la chance. Ils étaient ensemble. Et maintenant, ils avaient un enfant à naître. Il était tellement amoureux de ce bébé, et pourtant il faudrait des mois et des mois avant qu'il ne le rencontre. Il priait simplement pour que cette chance lui soit donnée.

— Je suis terrifié, murmura-t-il.

— Seriez-vous plus terrifié qu'une jeune femme agressée par son employeur, chassée par celui-ci, puis par sa propre famille, et qui, sans la gentillesse d'étrangers, aurait donné naissance à son enfant dans un hospice insalubre ou pire encore ?

Avec elle, il avait l'impression qu'il ne devait pas ressentir de peur. Pourtant, elle était bien réelle, et elle le paralysait.

— Vous êtes une jeune femme courageuse, dit-il douce-ment. Je suis un homme qui s'attend à perdre sa femme et probablement son enfant après l'accouchement. Dites-moi, comment suis-je censé vivre avec cette appréhension chaque jour ?

— Vous n'avez pas d'autre choix que de le faire, puisque l'alternative, c'est de ne pas vivre du tout. Lorsque j'ai dit que je donnerais n'importe quoi pour avoir ce que vous avez, je serais prête à l'accepter même si ce n'était que pour une courte période. Mieux vaut avoir un peu de temps que pas de temps du tout, affirma-t-elle.

Elle se rapprocha de lui alors que le bébé commençait à faire de petits bruits.

— Lady Darlington pourrait mourir, mais il y a peu de chances que ce soit le cas. Vous seul pouvez décider si vous voulez vous recroqueviller dans la peur ou marcher droit vers l'avenir avec courage et détermination. Je n'avais pas le choix, et, aujourd'hui, je vois que c'était une bonne chose.

Elle avait raison. Il avait le choix. Il avait le luxe de se comporter comme un rustre égocentrique. Une vague de dégoût l'envahit.

— Que choisirez-vous ? La peur, ou la joie ?

Nicole se mit à pleurer, et Dinah s'excusa avant de retourner dans le cottage.

La peur ou la joie…

Gabriel évoqua une image de Poppy, riant aux éclats par une journée d'été, caressant l'arrondi de son ventre. Son rêve était devenu réalité, et il se rendit compte que le sien aussi : la voir heureuse.

Il n'y avait pas de choix à faire, pas lorsque Poppy était le fondement de tout ce qu'il était et de tout ce qu'il voulait être. Gabriel repartit vers son cheval qu'il enfourcha rapidement. Il retourna aux écuries au galop, et se précipita dans la maison en quête de sa femme.

— Elle est déjà partie pour l'assemblée, my lord. Lord et Lady Buckleigh sont passés et l'ont emmenée à Hartwell.

Oh, mais bon sang !

— Walker, il me faut un bain !

Gabriel se précipita à l'étage, avec l'intention de faire la toilette la plus rapide de sa vie. Il devait courtiser sa femme.

Et se mettre en quête de la joie.

L'assemblée était décorée d'une multitude de branches de pin et de rubans. Des lanternes scintillaient, et du gui était suspendu dans les coins. Un punch, semblable à celui que l'on servait à Vauxhall à Londres, était proposé sur la table des rafraîchissements, ainsi que diverses confiseries. Au centre se trouvait un énorme blanc-manger en forme de bûche de Noël et décoré de sapins.

Une telle scène aurait dû emplir Poppy d'une impatience

joyeuse. Mais, sans Gabriel à ses côtés, elle se sentait triste. D'autant plus que c'était à cette même assemblée qu'ils s'étaient rencontrés trois ans plus tôt. Être ici sans lui ne lui semblait pas normal. En fait, elle avait failli décider de ne pas venir, mais Bianca et Ash étaient déjà en route pour la récupérer, et elle n'avait pas voulu qu'ils se soient déplacés pour rien.

Elle avait donc fait semblant d'être heureuse et avait inventé une excuse pour expliquer que Gabriel était malade.

— Voici Felicity, murmura Bianca, inclinant la tête vers une femme blonde vêtue d'une robe bleue.

Poppy repéra Felicity dans la foule.

— Devrions-nous aller lui parler ?

— Bien sûr.

Bianca prit le bras d'Ash et tous trois traversèrent la salle jusqu'à l'endroit où Felicity se tenait avec sa mère.

Mme Templeton avait l'air un peu fragile. Elle s'accrochait au bras de sa fille.

— Viens, maman. Tu as besoin de t'asseoir. Dans le cas contraire, je devrai revenir sur ma décision de t'autoriser à venir. Tu es encore en convalescence.

— Oh ! Je vais bien, ma chère. Mais, tu as raison, une chaise ne serait pas de trop.

Mme Templeton sourit à sa fille et le changement d'expression lui donna l'air beaucoup plus robuste. C'est alors que Felicity aperçut les sœurs et ses yeux verts s'illuminèrent.

— Bonsoir, Lady Darlington et Lady… Buckleigh, c'est bien cela ?

— Oui, répond Bianca. Permettez-moi de vous présenter mon mari, le comte de Buckleigh. Ash, voici Mme Felicity Garland.

Ash inclina la tête.

— Évidemment, je me souviens de vous, madame Garland.

Felicity se releva de sa révérence, les yeux écarquillés.

— Ash, comme le petit Ashton Rutledge ? Je ne vous aurais pas reconnu !

— Comme aucun d'entre nous ne l'a fait ! s'exclama Bianca en riant.

— Quel plaisir de vous voir tous ! leur dit Felicity, jetant un coup d'œil autour d'elle. Où est votre frère ? Je ne l'ai pas encore croisé depuis mon retour à Hartwell.

Poppy et Bianca échangèrent un regard méfiant.

— Je doute qu'il vienne ce soir, dit Poppy d'une voix douce. Il n'est pas très sociable ces derniers temps. Le duché l'occupe beaucoup.

— Comme c'est dommage ! s'exclama Felicity. J'avais hâte de le voir. Je suppose que je vais devoir lui rendre visite.

Bianca tourna brusquement les yeux vers Poppy, et elle ouvrit la bouche. Sa sœur aînée craignit que rien d'utile n'en sorte, elle intervint donc précipitamment.

— Envoyez-lui peut-être une note pour lui demander quand il reçoit des visiteurs, dit-elle avec un sourire placide.

Ash inspira brusquement, les yeux rivés sur l'entrée.

— Il est là.

Les quatre femmes tournèrent la tête et aperçurent Calder qui se tenait juste derrière le seuil. Un silence s'abattit sur l'assemblée.

Calder balaya rapidement la grande salle du regard, scrutant la foule jusqu'à ce qu'il se pose sur eux. Non, pas sur eux. Sur Felicity Garland. Il s'avança vers leur groupe, et la foule se sépara comme par magie, comme s'il s'agissait d'une ancienne rivière se frayant un chemin à travers le flanc d'une colline.

— Bonsoir, les salua-t-il en arrivant, se plaçant près de Poppy.

— Bonsoir, répondit cette dernière en posant sur lui un regard incrédule.

Il était entièrement vêtu de noir, à l'exception de sa chemise blanche et de sa cravate. En général, les gentlemen agrémentaient leur tenue d'assemblée d'un élément festif. Calder ne l'avait pas fait.

Felicity lui fit la révérence, et aida sa mère à faire de même.

— My lord, je disais justement à vos sœurs combien j'étais impatiente de vous voir.

— Vraiment ? C'est surprenant après tout ce temps.

La voix de Calder comportait une nuance, ce n'était pas ce même ton odieux qu'il avait eu ces derniers temps. C'était quelque chose de différent, de beaucoup plus profond.

— Oui, cela fait de nombreuses années, dit Felicity. J'espère que nous trouverons le temps de nous rendre visite. Si vous voulez bien m'excuser, il faut que j'accompagne ma mère jusqu'à une chaise.

C'était l'occasion rêvée pour Calder de s'avancer et de proposer son aide. Étant donné qu'il avait immédiatement repéré Felicity et qu'il s'était dirigé vers elle, Poppy se serait attendue à ce qu'il le fasse. Au lieu de cela, il resta là, le regard froid, à contempler sa mère.

— Permettez-moi de vous aider, proposa Ash en présentant son bras.

Il jeta un coup d'œil à Calder alors que Mme Templeton acceptait son aide.

— Merci, Lord Buckleigh.

— J'arrive tout de suite, maman, dit Felicity.

Elle les regarda s'éloigner, puis se tourna vers Calder.

— Pourquoi es-tu ici ? demanda-t-il brusquement, gardant la voix basse de sorte que seuls eux quatre puissent l'entendre.

Poppy eut soudain l'impression que Bianca et elle étaient

de trop. Elle se rapprocha de sa sœur et frôla son bras avec son coude.

Felicity recula, les traits tendus, confuse.

— Tout le monde vient à l'assemblée.

Pas tout le monde. Poppy était douloureusement consciente de l'absence de son mari, surtout maintenant que Calder était là.

— Pas ici à l'assemblée, ici à *Hartwell*.

Sa phrase sonnait comme une accusation, et Poppy se crispa.

— Ma mère est revenue l'année dernière, et il y a quelques semaines, elle est tombée malade. Je suis venue m'occuper d'elle.

— Ta visite est donc temporaire.

Elle plissa brièvement un œil vers lui.

— Je n'ai pas encore décidé, dit-elle.

Elle sourit à Poppy et Bianca, qui se donnaient le bras, et Felicity poursuivit :

— Je suis particulièrement heureuse d'être ici pour les fêtes. Personne ne célèbre mieux cette période que les habitants de Hartwell. J'ai hâte d'être à la Saint-Étienne, mais j'étais triste d'apprendre que Hartwood n'accueillerait pas l'événement. Je craignais que tu ne sois souffrant, dit-elle en observant attentivement Calder, comme si elle pouvait déceler une quelconque maladie.

Si seulement elle avait pu ! Car il y avait vraiment quelque chose qui n'allait pas chez lui. Ce n'était pas leur frère !

— Ce n'est pas le cas, comme tu peux le voir.

— Tu n'as pas l'air malade, et pourtant, tu n'es pas tout à fait l'homme dont je me souviens, dit Felicity avant de secouer la tête. Mais cela fait plus de dix ans.

— Oui, les gens changent avec le temps. Et certaines personnes changent du jour au lendemain, répliqua Calder, regardant la jeune femme d'un air hautain. Je ne suis pas sûr que la femme dont je me souviens ait jamais existé.

Oh, là là ! Ce n'était pas l'endroit pour avoir une telle conversation ! Poppy se rapprocha de son frère et lui prit le bras.

— Calder, nous devrions peut-être…

Il se tourna vers elle, l'air hargneux.

— Ne me touche pas. Je dirai ce qui me plaît.

— Certainement pas à ma femme ! intervint Gabriel qui s'interposa entre Calder et Poppy.

Elle le fixa, choquée de le voir là. Elle était si concentrée sur son frère qu'elle ne l'avait pas vu entrer. Balayant la salle du regard, elle se rendit compte que toute l'assemblée observait Calder.

— Calder, tu fais une scène, murmura Poppy.

Les yeux de son frère s'assombrirent, et il retroussa les lèvres. Avant qu'il ne puisse parler, Gabriel s'approcha de lui.

— Attention, Chill, ne laisse pas cette scène dégénérer en quelque chose d'autre.

Calder les contempla tous, mais ce fut Felicity qui eut droit à son regard le plus haineux.

— Je suis venu voir ce dont j'avais besoin. Et maintenant, je suis libre.

Il tourna les talons et quitta l'assemblée à grands pas.

Bianca afficha un large sourire et jeta un regard pressant à Ash, qui venait de revenir, lui intimant de se joindre à eux pour avoir l'air aimable. Comme si leur frère ne venait pas de se comporter comme un affreux mufle en pleine assemblée des fêtes.

Mais Poppy ne pouvait se résoudre à se détourner de son mari. Il était là.

Gabriel se tourna vers elle.

— Je ne voulais pas le faire fuir.

— C'est mieux ainsi, répondit-elle.

Il lui offrit son bras.

— Veux-tu faire un tour ?

Elle aurait dû lui présenter Felicity et s'assurer que la situation était vraiment réglée, mais elle était trop absorbée par son désir de connaître la raison de la venue de Gabriel. Sans répondre, elle glissa une main dans son bras et il l'entraîna pour entamer une promenade autour de la salle.

Ce fut lui qui parla en premier.

— Je suis navré. De n'avoir pas été à la maison lorsque tu es partie pour l'assemblée. D'avoir été distant et égocentrique. D'avoir réagi comme un idiot quand tu m'as parlé du bébé.

Le cœur de Poppy fit un bond, et elle lui serra le bras. Il la conduisit dans un coin, à l'écart de tout le monde.

Elle se tourna vers lui, se tenant tout près, fouillant son visage du regard.

— Tu avais peur.

— Pas au passé, répondit-il d'un ton sec, et elle était ravie d'avoir un certain sens de l'humour qui l'empêchait de se formaliser. Je suis terrifié, mais je suis aussi fou de joie. Je me suis rendu compte que ce que je préférais, c'était la joie, alors je vais me concentrer là-dessus.

— Tu t'es « rendu compte » ?

— Il est possible que j'aie reçu l'aide de Dinah. Le changement de perspective est un outil puissant.

— C'est vrai, confirma-t-elle, posant une paume à plat sur son revers, lui parlant d'une voix douce. Il en va de même pour la tristesse et la peur. Je sais ce que l'on ressent.

— Bien sûr que tu le sais, mon amour. Nous sommes ensemble pour ce voyage, pour le meilleur et pour le pire. Je pense que nous sommes tous deux en droit d'attendre le meilleur.

Gabriel sourit, et le cœur de Poppy s'emballa.

— Je suis du même avis. Je te promets de ne pas mourir.

Et que le bébé ne mourra pas non plus, lui dit-elle, posant son autre main sur son ventre.

Le sourire de Gabriel prit une teinte triste, mais juste un instant.

— Tu ne peux pas me le promettre. Cependant, je crois que tout se passera comme prévu et j'ai l'intention de passer chaque jour à me prélasser dans l'amour que nous partageons et dans la joie de penser à demain.

— Même si demain ne vient pas ?

Elle regretta presque d'avoir posé cette question. Il avait fait déjà tant de chemin !

— Mais il viendra, que nous le voulions ou non, que nous soyons là ou non. Alors, pourquoi ne pas prévoir le meilleur ? lui demanda-t-il avec un clin d'œil. Je suis encore en train de travailler là-dessus, alors sois indulgente avec moi.

Elle lui sourit.

— Comme tu l'as dit, c'est un voyage. Je serai à tes côtés à chaque pas.

Les premières notes de musique retentirent.

— En parlant de pas…, commença Gabriel. Je crois qu'il est temps pour toi de danser avec moi.

Un rire jaillit du plus profond d'elle-même.

— C'est ce que tu m'as dit il y a trois ans… tu ne m'as pas vraiment invitée à danser. Je t'ai trouvé tellement arrogant !

— Ce n'était que de l'esbroufe.

— Et ça a fonctionné.

— Si je ne me trompe pas, il y avait également un peu de gui dans cette histoire.

Il remua les sourcils en la regardant. Elle leva les yeux.

— Regarde.

Un bouquet de gui était suspendu au-dessus d'eux.

— Il y a trois ans, je ne t'ai pas embrassée.

— Tu ne pouvais pas. Et tu ne devrais pas maintenant.

— Mmmh, j'ai l'impression que c'est une question de

perspective. En ce qui me concerne, cela ne me pose absolument aucun problème de t'embrasser ici.

Elle se mit à rire.

— Alors, qui suis-je pour protester ?

Il se pencha et effleura les lèvres de Poppy avec les siennes.

— Considère cela comme un prologue à l'histoire que je te raconterai plus tard. Maintenant, dansons.

Lorsque Gabriel la souleva dans ses bras jusqu'à la piste de danse, une joie immense l'envahit. Jamais elle n'oublierait ces fêtes de fin d'année.

ÉPILOGUE

Août 1812

Les cris déchirants de Poppy emplissaient la chambre. Gabriel s'était demandé s'il devait assister à l'accouchement, et maintenant il commençait à remettre sa décision en question.

— Voilà la tête ! s'écria le Dr Fisk.

Mme Fisk posa sur Poppy un regard encourageant et chaleureux.

— Poussez encore une fois, ma chère.

Le visage rougi, Poppy s'exécuta. Elle serra la main de Gabriel si fort qu'il craignit que le sang ne puisse plus jamais y circuler.

Mais il était capable de tout abandonner pour elle, y compris sa main.

S'il vous plaît, faites qu'elle s'en sorte, s'il vous plaît, s'il vous plaît, s'il vous plaît, s'il vous plaît. Cette supplique silencieuse se répétait en boucle dans son esprit, comme un hymne d'espoir.

Un puissant hurlement emplit la chambre. Poppy expira bruyamment, et elle relâcha enfin sa prise sur la main de Gabriel.

— Nous avons un héritier ! annonça le Dr Fisk en souriant.

Il tourna les yeux vers Gabriel alors qu'il remettait le bébé à Mme Fisk. Elle fit quelque chose avec lui, mais il était totalement concentré sur le visage épuisé, mais rayonnant de sa femme.

Elle leva les yeux vers lui.

— Tu as entendu ça ? Tu as un fils.

— *Nous* avons un fils.

Il était heureux que sa voix ne laisse pas transparaître son tremblement intérieur. Il souleva sa main et en embrassa le dos avant de la glisser contre son flanc. Se penchant, il embrassa le front humide de Poppy.

— Aussi longtemps que je vivrai, je ne réaliserai jamais rien d'aussi miraculeux ou spectaculaire que ce que tu as fait aujourd'hui.

Elle éclata de rire.

— Je ne peux pas te contredire sur ce point.

Mme Fisk apparut près de lui.

— My lord, je vous présente votre fils, dit-elle en lui tendant le bébé emmailloté, son visage rose crispé par ses pleurs. Je pense qu'il a peut-être faim.

Elle se tourna vers Poppy, mais Gabriel était à présent entièrement concentré sur son fils.

Il toucha le minuscule nez du garçon. Ses cris s'estompèrent, et il ouvrit les yeux. Ils étaient bleus avec une pointe de gris, comme ceux de sa mère ; mais il avait entendu dire qu'ils ne resteraient peut-être pas ainsi. Il décida qu'ils le resteraient. Évidemment qu'ils le resteraient.

Un amour féroce et absolu assaillit Gabriel, lui coupant presque le souffle. Il avait aimé cet enfant pendant des mois, mais c'était différent, plus fort et plus complet. Il comprenait maintenant comment Dinah avait pu totalement changer d'avis au moment où elle avait tenu Nicole dans ses bras.

— Madame est prête pour lui, annonça Mme Fisk qui prit le bébé pour le déposer dans les bras de Poppy.

La femme du médecin l'avait installée de sorte que son sein soit exposé, et elle entreprit de lui montrer comment allaiter leur fils. C'était la plus belle chose que Gabriel ait jamais vue.

Subjugué, il vit les larmes couler sur le visage de Poppy qui souriait avec tendresse en berçant leur fils. Elle lui caressait la joue en lui murmurant des mots d'amour. Des mots qui résonnaient au plus profond du cœur de Gabriel. Il passa une main sur ses yeux mouillés en souriant.

Quelques instants plus tard, il se rendit compte qu'ils étaient seuls dans leur chambre à coucher… rien que tous les trois. Il avait du mal à y croire.

— Thaddeus, je crois, dit-elle, croisant le regard de son mari.

Ils avaient discuté de plusieurs prénoms qui signifiaient « cadeau », car cet enfant en était un.

Gabriel réfléchit aux autres prénoms qu'ils avaient envisagés, mais il était du même avis : il ressemblait à un Thaddeus.

— Oui.

Un peu plus tard, le bébé s'assoupit contre le sein de sa mère, et Gabriel s'assit, épuisé mais heureux, dans un fauteuil près du lit. Il était presque certain que Poppy dormait, avec ses yeux clos et sa respiration profonde et régulière. Tout allait bien. Pour l'instant.

Arrête.

Il refusait de s'inquiéter ou d'avoir peur. Aux dires du Dr

Fisk, l'accouchement s'était exceptionnellement bien déroulé. Malgré tout, il avait accepté de rester auprès d'eux pendant trois jours pour apaiser les inquiétudes de Gabriel.

— Je sais que je ne peux pas vous protéger de tout, mais je ferai de mon mieux, murmura-t-il, les yeux rivés sur sa femme et son fils bien-aimés. Toujours.

Poppy ouvrit les yeux, et sa bouche s'étira en un sourire.

— Je sais que tu le feras. Et nous serons là pour faire la même chose pour toi.

— J'ai fait quelque chose, dit Gabriel, dont le pouls s'emballa sous le coup de l'impatience. Je reviens tout de suite.

Il se rendit dans le salon et trouva ce qu'il cherchait : l'un des valets de pied l'avait apporté plus tôt dans la journée. Soulevant le meuble, il le transporta dans la chambre à coucher et l'installa à côté du lit.

Poppy haleta en voyant le berceau.

— Il est magnifique ! Quand je t'ai demandé si tu prévoyais de faire quelque chose, tu as dit que tu le ferais… plus tard. Je croyais que tu avais peur, dit-elle d'une voix douce.

— La peur était bien là, oui, mais je t'ai dit que je n'y céderais pas.

Il avait conçu cette pièce avec amour et espoir. Il l'avait fabriquée en chêne, et avait sculpté de la verdure et du gui dans le bois.

— Il me fait penser à Noël ! s'exclama-t-elle avec un sourire.

— La saison de la joie et de l'espoir.

Gabriel se pencha et l'embrassa, ses lèvres s'attardant doucement contre les siennes. L'avenir s'étirait devant eux, lumineux et long. Un sentiment de paix s'installa en lui.

— Merci, mon amour, murmura-t-elle. C'est le plus parfait des cadeaux.

Il secoua la tête en signe de désaccord, empli d'amour.

— Non. Le plus parfait des cadeaux, c'est toi... et notre fils.

Découvrez ce qui se passe lors de la fête de la Saint-Étienne, et pourquoi Calder se comporte comme un véritable Scrooge dans *La Joie du duc* !

Je vous invite à découvrir le premier chapitre de *La Joie du duc* !

LA JOIE DU DUC CHAPITRE UN

Comté de Durham, Angleterre
Décembre 1811

Felicity était de retour.

Calder quitta le salon de sa propriété, Hartwood, par la même porte que ses jeunes sœurs venaient d'emprunter pour partir. Mais il ne les suivit pas. Il partit à la recherche d'un valet de pied qu'il envoya à l'écurie pour qu'un palefrenier selle son cheval. Après avoir demandé à un second d'aller chercher son pardessus, son chapeau et ses gants, Calder sortit. Peu de temps après, il fonçait vers le village de Hartwell.

Créé au Moyen Âge, le bourg s'articulait autour d'une place de marché centrale. La flèche de l'église Saint-Cuthbert, datant du XIIe siècle, se dressait en sentinelle au-dessus de ce charmant assemblage de commerces et de cottages.

À l'approche des fêtes de fin d'année, les portes et les fenêtres étaient ornées de feuillages décoratifs. Il régnait une atmosphère de bonne humeur. Cependant, elle ne pénétrait pas la façade soigneusement érigée par Calder. Des mots comme *pittoresque*, *festif* et *joie* n'avaient pas leur place dans son cœur.

La simple pensée de cet organe rendait le sien douloureux. Ou, plus probablement, c'était parce qu'il savait que Felicity Templeton, à présent Felicity Garland, était proche.

Calder savait que sa mère était retournée à Hartwell l'année passée, mais il avait tout fait pour l'éviter. Pourtant, il savait précisément où elle vivait. Sinon, comment être certain de ne pas l'approcher ?

Faisant tourner son cheval dans Kingston Street, il aperçut le cottage de Mme Templeton un peu plus loin. Comme ses voisines, la maison était ornée de branches de sapin. De la fumée s'échappait de la cheminée, s'élevant au-dessus du toit de chaume.

Et maintenant ?

Il se rendit compte qu'il ne savait pas ce qu'il devait faire. Lui parler ? Il frémit intérieurement à cette idée. Felicity s'était enfuie plus de dix ans auparavant, lui brisant le cœur.

Pourtant, il avait beaucoup de choses à lui dire. Les questions et la colère se bousculaient dans son esprit. Pourquoi était-elle partie sans un mot ?

Mais il savait pourquoi. Le père de Calder avait payé sa famille, assurant leur avenir pour que le mariage avec l'héritier d'un duché ne soit pas nécessaire. Apparemment, c'était la seule motivation qui l'avait poussée à se rapprocher de lui pour qu'il la courtise. Pas l'amour, ni l'attirance, ni une quelconque affection. Seule l'avarice l'avait motivée.

Calder inspira profondément. L'air froid de l'hiver emplit ses poumons, le gelant intérieurement, comme tout le monde pensait qu'il l'était déjà. Il avait un cœur de glace et une âme creuse. C'était ce que les gens disaient.

Et ils n'avaient pas tort.

Une silhouette sortit du cottage, suivie d'une autre.

Calder fit passer son cheval sur un chemin latéral, et se plaça derrière un arbre.

Les deux femmes franchirent le portail donnant sur la rue et joignirent leurs bras. Même à cette distance, Felicity était exactement comme dans son souvenir. Grande et dotée de courbes à faire pleurer un homme de désir, elle avait des traits si fins que tous les artistes du royaume auraient voulu la peindre. Des boucles blondes apparaissaient sous le bord de sa coiffe. Elle rit d'une phrase de sa mère, et le son mélodieux de sa voix apaisa un peu le mal qui l'habitait.

Seulement pour un moment. Alors qu'elle se déplaçait dans la rue de l'autre côté, il vit plus clairement son visage, l'arc délicat de ses sourcils, la courbe douce de son nez, la beauté sculpturale de ses pommettes et de sa mâchoire. Mais son regard se posa sur sa bouche, avec ses lèvres roses et pulpeuses capables de l'embrasser et de le séduire comme personne d'autre.

Même si elle ne l'avait pas vraiment séduit, pas complètement. Il avait prévu de coucher avec elle une fois qu'ils se seraient mariés. Ce rêve était mort. Ou, plus exactement, il lui avait été volé.

Pourtant, il la dévora du regard, la scrutant avec avidité pour mémoriser chaque nouveau détail : les rides autour de ses yeux lorsqu'elle souriait, son air confiant et peut-être même sage, sa manière intelligente d'observer son environnement.

Bon sang. Elle regardait dans sa direction.

Calder fit tourner son cheval et descendit au petit galop la ruelle en direction de Shield Street, la rue principale qui traversait le village. Son cœur battait vite, et s'il avait été honnête avec lui-même, il aurait compris que ce n'était pas dû à la chevauchée. Mais il refusait que ce soit à cause de Felicity. Il l'avait vue, et c'était suffisant.

Mais la savoir toute proche risquait de fracturer son esprit.

— Bonjour, my lord.

Calder avait ralenti l'allure en tournant dans Shield Street. Clignant des yeux, il s'extirpa du puits sombre de ses pensées et se concentra sur l'homme qui s'adressait à lui. Alfie Tucket, l'ébéniste, se tenait devant sa boutique. Il s'inclina, courbant sa haute silhouette avant de se redresser à nouveau.

— Bonjour, dit Calder.

Il avait beau être une canaille, il n'en était pas moins poli. Parfois.

— En route pour Shield's End ? demanda Tucket, clignant des yeux en regardant Calder sur son cheval.

Calder remarqua qu'il chevauchait dans cette direction : la vieille bâtisse se tenait au bout de Shield Street, d'où son nom. Enfin, elle s'était tenue. La structure avait brûlé plus d'une semaine auparavant.

— Non, répondit-il, tout en envisageant d'aller avoir.

Au-delà de la curiosité, il devait se préoccuper de sa destruction, puisque la propriété appartenait à son beau-frère. L'homme qu'il avait interdit à sa sœur d'épouser.

Et avec qui elle s'était mariée la semaine précédente.

Tucket bascula son poids d'une jambe à l'autre, l'air légèrement mal à l'aise. Son père était le gardien de Shield's End. Il était possible, voire probable, que Tucket sache que Calder n'était pas venu voir la maison endommagée et qu'il n'avait pas assisté au mariage de sa sœur.

Et voilà, cela recommençait. Ce bref élancement aigu dans sa poitrine. Même s'il ne réagissait pas, Calder percevait toujours cette sensation.

Il partit dans la direction opposée à Shield's End, vers Hartwood, qui se trouvait au sommet d'une colline surplombant le village. Les ducs de Hartwell vivaient là depuis des siècles. Le feraient-ils encore ?

Seulement si Calder se mariait, et même s'il avait maintenant trente ans, il n'avait pas envie de prendre une femme. Pas alors que Felicity vivait encore dans les recoins de son esprit.

Il est temps de l'en expulser ! lui intima ce dernier.

Il avait cru l'avoir fait, mais maintenant qu'elle était là... Il secoua la tête. Peut-être pouvait-il trouver un moyen de la faire repartir. Ou, avec un peu de chance, son séjour ne serait que temporaire.

Arrivé à l'écurie de Hartwood, Calder confia à un palefrenier la tâche de panser son cheval, tâche dont il s'acquittait lui-même en temps normal. Un sentiment de malaise l'envahissait. Il avait besoin de marcher. Courbant la langue, il siffla. Un instant plus tard, son lévrier brun-rouge foncé bondissait à ses côtés.

Calder caressa la tête de la chienne et la gratta derrière les oreilles. Alors qu'il quittait la cour de l'écurie, Isis se mit à marcher à son rythme. Ils passèrent devant les jardins et arrivèrent à l'endroit où la colline commençait à s'incliner. La crypte familiale, où il ne s'était jamais rendu, se trouvait au pied.

C'était là que reposaient la tragédie et la douleur : un parent qui lui manquait cruellement et un autre qu'il détestait avec la même intensité.

La question qui lui était venue à l'esprit tout à l'heure ressurgit : y aurait-il d'autres ducs de Hartwell ? Il devait s'assurer qu'il n'y en aurait pas, du moins pas dans sa lignée. Il y avait sûrement un cousin quelque part qui hériterait. Ce serait une bonne chose que le titre soit transmis à un parent éloigné. Voire à personne.

Le froid dans le cœur de Calder durcit comme de la pierre lorsqu'il pensa à l'homme qui l'avait élevé. L'homme dont tout le monde se souvenait avec tendresse, en particulier ses sœurs. Elles n'avaient pas été soumises à ses attentes élevées, ses exigences impitoyables de perfection. Il n'avait pas payé les hommes dont elles étaient tombées amoureuses pour qu'ils partent, avant de se vanter d'avoir eu raison à leur sujet depuis le début.

Cet élancement lui pinça à nouveau la poitrine. Il aurait peut-être dû soutenir le mariage de sa sœur. Il connaissait à peine son mari, le comte de Buckleigh, mais d'après ce qu'il avait vu, cet homme était un combattant imprévisible, un pugiliste réputé pour sa brutalité efficace sur le ring. Et pourtant, il n'arrivait pas à imaginer sa douce et farouche jeune sœur, Bianca, épouser quelqu'un comme lui.

Calder passa ses doigts gantés sur la tête d'Isis.

— Cela n'a aucune importance, n'est-ce pas, ma fille ? demanda-t-il doucement. Il voulait que je sois une bête, et c'est ce que je suis.

Isis donna un petit coup de museau dans sa main en guise de réponse, puis s'assit à côté de lui. C'était peut-être elle la véritable bête, mais elle était bien plus gentille et aimante que lui.

— Je ne te mérite pas vraiment, murmura-t-il.

Il plongea son regard dans ses grands yeux bruns qui le fixaient avec tant d'adoration. Il s'accroupit pour lui caresser le cou et les flancs des deux mains. Puis il se retourna vers la crypte et s'adressa à l'homme qu'il méprisait.

— Je suis seul, et je le resterai probablement. J'espère que cela te tracassera pour l'éternité.

Calder se releva et repartit à grandes enjambées vers la maison, Isis trottinant à ses côtés.

Oui, son père l'avait élevé pour qu'il soit implacable et inflexible. Et comme il s'efforçait d'exceller en tout, cela signifiait qu'il était aussi froid et impitoyable qu'on pouvait l'être.

— Tu es ravissante, ma chérie.

Felicity enfila sa cape juste avant d'ouvrir la porte à sa mère.

— Merci, tout comme toi, maman.

Elle prit le petit sac qui renfermait ses chaussures de danse : sa mère ne danserait pas, car elle était encore convalescente. Elle la suivit dans le soir froid et sombre.

— J'ai hâte d'assister à l'assemblée, dit sa mère en passant son bras sous celui de Felicity. Cela fait combien d'années ?

— Dix.

Felicity se souvenait de la dernière assemblée à laquelle elle avait assisté à Hartwell. Elle avait alors dix-huit ans, et elle était très impatiente de voir son amour lorsqu'il rentrerait d'Oxford pour les fêtes. Ils avaient passé l'été précédent ensemble, profitant de chaque instant en compagnie de l'autre, rêvant de l'avenir dans la chaleur du soleil et de la passion de leurs baisers volés.

Seulement, il n'était pas venu. Le père du jeune homme lui avait expliqué qu'il ne reviendrait pas pour les fêtes, et il lui avait remis une lettre. Brefs et froids, les mots écrits par son amour lui avaient clairement indiqué qu'ils n'avaient pas d'avenir ensemble.

Lorsque son propre père avait suggéré qu'ils déménagent à York où son frère aîné exercerait le droit, elle avait sauté sur l'occasion pour laisser Hartwell, ainsi que son cœur brisé, derrière elle. Elle n'était pas revenue depuis.

— Tu es venue l'année dernière, n'est-ce pas ?

Felicity jeta un coup d'œil à sa mère, dont les cheveux blond-blanc étaient coiffés à la mode, bien que partiellement cachés par le capuchon de son manteau qu'elle avait relevé lorsqu'elles avaient quitté la maison. Il était important qu'elle reste au chaud après avoir été malade. Son mal avait été la seule chose susceptible de faire revenir Felicity, et elle était donc là. Elle devait bien admettre que le village et ses habitants lui avaient manqué, surtout à cette époque de l'année. Noël à York était loin d'égaler le charme et les traditions de Hartwell.

— C'est vrai, mais ce n'était pas la même chose sans ton père, répondit-elle, esquissant un sourire en regardant sa fille. Et sans toi.

Sa mère tapota la main de Felicity.

Son père était mort à l'automne précédent. Elle avait du mal à croire que cela faisait déjà plus d'un an. Accablée de chagrin, sa mère avait voulu fuir la maison qu'elle occupait avec son mari depuis dix ans, où il était tombé malade et était décédé. Revenir à Hartwell, où elle avait encore des amis et une cousine, lui avait paru logique, malgré les tentatives de Felicity pour l'en dissuader.

Mais c'était de l'égoïsme de la part de la jeune femme. Hartwell, en dépit de tous les bons souvenirs qui y étaient rattachés, serait toujours l'endroit où elle avait perdu son innocence, où elle avait fait la folie d'offrir entièrement son cœur.

— Je suis ravie que tu sois avec moi cette année, dit sa mère en souriant. Et j'espère que tu resteras.

C'était un débat permanent entre elles. Felicity avait une maison et des amis à York. Pourtant, elle avait du mal à refuser la demande de sa mère. Elle avait commencé à espérer qu'elle pourrait la convaincre de revenir à York et de vivre avec elle.

— Ou bien tu reviens à York avec moi. Je sais que tes amis te manquent.

Felicity lui adressa un sourire, et sa mère éclata de rire.

— N'essaie pas de m'influencer avec le charme de ton père. Je suis immunisée.

Ce n'était pas vrai, mais Felicity se contenta de rire doucement.

Sa mère lui jeta un regard interrogateur.

— As-tu hâte de voir quelqu'un en particulier ? Depuis ton retour, tu es restée plutôt en retrait.

En réalité, cela ne faisait que quelques semaines.

— J'étais occupée à t'aider.

— Oui, et je suis ravie que tu sois ici avec moi. Je sais que c'est grâce à toi que je me suis rétablie.

— Pas tout à fait, répondit Felicity, même si elle savait que sa présence avait aidé. Le Dr Fisk y est pour beaucoup.

— Tu as raison, bien sûr. En fait, je me demande s'il n'aurait pas pu aider ton père, dit-elle d'une voix devenue triste. Nous aurions dû revenir à Hartwell lorsqu'il est tombé malade.

Felicity serra doucement le bras de sa mère.

— Tu ne dois pas penser ainsi. Tu as discuté avec le Dr Fisk de la maladie de papa, et il t'a dit qu'il n'aurait sans doute rien pu faire, que tu avais fait de ton mieux pour t'occuper de lui.

— C'est difficile de ne pas éprouver de regrets, répondit sa mère d'un ton doux. Mais tu ne sembles pas en éprouver.

Presque pas. Mais Felicity avait plus de regrets qu'elle ne voulait l'admettre, et tous en rapport avec Calder Stafford. Elle avait failli penser à lui sous le nom de Chill, *frisson*, ce surnom dont il avait hérité dans sa jeunesse lorsqu'il était le comte de Chilton. Aujourd'hui, il était le duc de Hartwood. Elle n'avait jamais aimé l'appeler Chill : ce sobriquet froid n'avait pas de sens pour elle, alors qu'elle le trouvait si chaleureux et attentionné.

Oh, comme elle avait eu tort !

Elles atteignirent la salle de l'assemblée, où des calèches déposaient les participants élégamment vêtus. De la lumière et des conversations émanaient du bâtiment, lui conférant un air de fête. Un frémissement d'anxiété parcourut les épaules de Felicity. Elle n'était pas certaine d'être prête à affronter Calder.

Elle se réprimanda intérieurement. Elle refusait de se laisser intimider par lui ou par la perspective de le revoir. Elle avait dix ans de plus, elle était veuve, et cela faisait deux ans qu'elle vivait seule. La jeune fille qu'il avait si brutalement blessée avait disparu depuis longtemps.

La tête haute, elle accompagna sa mère dans le hall. Dans le vestibule, un valet de pied prit les manteaux, et Felicity troqua ses bottes contre ses chaussures de danse.

Elles entrèrent dans la salle de bal, déjà pleine de monde. Dans un coin, des jeunes femmes gloussaient, tandis qu'un groupe de jeunes hommes s'efforçait de paraître serein en passant en revue la pièce, leurs regards revenant sans cesse sur elles.

Felicity sourit intérieurement. Elle se souvenait du sentiment d'être jeune et enthousiaste, et de se sentir impatiente d'affronter l'avenir, l'inconnu.

Elles se rendirent dans un espace situé de l'autre côté de la salle de bal, où des sièges avaient été installés et offraient une excellente vue sur la piste de danse.

Felicity repéra un siège et inclina la tête.

— Viens, maman. Tu dois t'asseoir. Sinon, je devrais reconsidérer ma décision de te laisser venir. Tu es encore en convalescence.

— Bah ! Je vais bien, ma chérie. Mais tu as raison, une chaise ne serait pas de refus.

Tournant légèrement la tête, Felicity repéra deux visages familiers : les sœurs de Calder. Son cœur manqua un battement, et elle balaya la salle du regard pour le chercher. Ne le voyant pas, elle laissa échapper un soupir de soulagement lorsque ses sœurs, accompagnées d'un gentleman, s'avancèrent vers elle. Felicity fit la révérence.

— Bonsoir, Lady Darlington et Lady… Buckleigh, c'est bien cela ?

— Oui, répondit Bianca, la plus jeune sœur de Calder, qui venait d'épouser le comte de Buckleigh. Permettez-moi de vous présenter mon mari, le comte de Buckleigh. Ash, voici Mme Felicity Garland.

Les yeux bleus de la jeune femme brillaient d'un éclat chaleureux.

Ash inclina la tête.

— Évidemment, je me souviens de vous, madame Garland.

La surprise saisit Felicity alors qu'elle se relevait de sa révérence.

— Ash, comme le petit Ashton Rutledge ? Je ne vous aurais pas reconnu !

— Comme aucun d'entre nous ne l'a fait ! s'exclama Bianca en riant, une boucle sombre effleurant sa tempe.

— Quel plaisir de vous voir tous ! leur dit Felicity, parcourant brièvement du regard la salle de bal une fois de plus. Où est votre frère ? Je ne l'ai pas encore croisé depuis mon retour à Hartwell.

Elle ne posait pas la question parce qu'elle voulait le voir, mais parce que s'il était là, elle préférait être au courant. Pour pouvoir être sur ses gardes.

Poppy, l'aînée des deux et marquise de Darlington, échangea un regard méfiant avec Bianca.

— Je doute qu'il vienne ce soir, répondit-elle. Il n'est pas très sociable ces derniers temps. Le duché l'occupe beaucoup.

Felicity fut choquée de ressentir une pointe de déception.

— Comme c'est dommage ! J'avais hâte de le voir. Je suppose que je vais devoir lui rendre visite.

Les mots étaient sortis uniquement parce que Felicity s'efforçait toujours de se montrer polie. Elle n'avait pas l'intention de lui rendre visite.

Apparemment, ses sœurs ne pensaient pas non plus que c'était une bonne idée. Bianca tourna brusquement les yeux vers Poppy, et elle ouvrit la bouche.

Mais Poppy l'interrompit en s'adressant à Felicity :

— Envoyez-lui peut-être une note pour lui demander quand il reçoit des visiteurs.

Ses lèvres formèrent un sourire placide, vraisemblablement destiné à atténuer la contrariété que Felicity aurait pu percevoir. De toute évidence leur malaise n'était pas le fruit de son imagination.

Le comte de Buckleigh inspira brusquement, attirant l'attention de Felicity. Il avait les yeux rivés vers l'entrée.

— Il est là.

Il parlait d'un ton neutre et, pourtant, ces deux simples mots transpercèrent Felicity avec l'efficacité rapide et terrifiante d'une longue épée des temps anciens.

Elle sentit sa mère lui tapoter le bras, mais son regard était fixé sur Calder. Grand, avec des épaules larges sur lesquelles elle s'était déjà pâmée, il occupait l'embrasure de la porte. Ses yeux cristallins balayèrent l'assemblée, l'air impassible.

Le silence s'était-il abattu sur la salle de bal ? Pas tout à fait, car un léger bourdonnement se faisait entendre dans les oreilles de Felicity alors qu'elle voyait son ancien amour pour la première fois depuis plus d'une décennie.

Puis, lorsqu'il posa délibérément son regard sur elle, elle sentit toute la force de son attention. Une vague de chaleur envahit sa peau. Son pouls s'emballa.

Il se dirigea vers eux, et elle se sentit totalement partagée. Une partie d'elle avait envie de fuir. L'autre voulait se précipiter à sa rencontre. La plus grande partie d'elle-même voulait se dresser résolument contre lui et lui crier dessus pour son comportement répréhensible dix ans plus tôt.

Elle opta pour la dernière solution. Enfin, une partie. Ou

peut-être était-ce en réalité parce qu'elle n'arrivait pas à bouger sous le poids de son regard. Zut ! Elle espérait que ce n'était pas cela, et pourtant, c'était ce qu'elle craignait.

Il s'arrêta à côté de Poppy.

— Bonsoir.

Sa voix, si grave et si soyeuse, comme du velours riche et doux, glissa sur elle, entraînant une réponse presque physique. Elle avait l'impression qu'elle allait se balancer vers lui, son corps réagissant à sa familiarité. Mais non, il n'était pas familier. Cet homme était un étranger.

Elle nota les changements dans son apparence. Ses épaules semblaient encore plus larges, si c'était possible. Son visage était plus austère, comme en témoignaient les lignes autour de sa bouche et la sévérité de sa mâchoire. Il avait l'air d'un homme qui souriait rarement. Sous les lustres scintillants, le noir de ses vêtements de soirée reflétait son importance et sa richesse. Il avait l'allure d'un duc et ne ressemblait en rien au jeune homme qui l'avait poursuivie dans une prairie, ses cheveux noirs lui retombant sur le front, et qui riait lorsqu'il l'attrapait.

Poppy se tourna vers lui.

— Bonsoir.

Felicity fit une autre révérence, plus profonde, puis aida sa mère à faire de même.

— My lord, je disais justement à vos sœurs combien j'étais impatiente de vous voir.

Une fois encore, la politesse semblait avoir pris le contrôle de sa langue.

— Vraiment ? C'est surprenant après tout ce temps.

Calder semblait tout aussi froid qu'elle l'avait imaginé au vu de la façon dont il l'avait rejetée, et il ne ressemblait en rien au jeune homme qu'elle avait connu.

— Oui, cela fait de nombreuses années. J'espère que nous trouverons le temps de nous rendre visite, lui dit Felicity, le ton légèrement insolent. Si vous voulez bien m'excuser, il faut que j'accompagne ma mère jusqu'à une chaise.

Calder regarda sa mère, et, pendant un bref instant, Felicity crut qu'il avait l'intention de lui dire quelque chose, quelque chose d'odieux. Avant qu'elle ne puisse imaginer comment réagir s'il le faisait, Buckleigh s'approcha d'elles et présenta son bras à la mère de Felicity.

— Permettez-moi de vous aider

— Merci, Lord Buckleigh, dit sa mère en prenant son bras.

— J'arrive tout de suite, maman.

Felicity les regarda s'éloigner, puis se retourna vers Calder.

— Pourquoi es-tu ici ? demanda-t-il brusquement, à voix basse, mais elle craignait qu'au moins Poppy et Bianca ne l'aient entendu.

Comment osait-il la questionner ainsi en public ? Felicity se raidit.

— Tout le monde vient à l'assemblée.

— Pas ici à l'assemblée, ici à Hartwell.

Le bord externe de sa lèvre se retroussa légèrement.

— Ma mère est revenue l'année dernière, et il y a quelques semaines, elle est tombée malade. Je suis venue m'occuper d'elle.

Pourquoi se sentait-elle à ce point sur la défensive ? Elle n'avait pas à se justifier auprès de lui. Au contraire, si quelqu'un méritait une explication, c'était bien elle.

— Ta visite est donc temporaire, demanda-t-il, une note d'espoir dans la voix.

Apparemment, il voulait qu'elle dise oui.

Alors elle répondit :

— Je n'ai pas encore décidé.

Elle tourna un sourire vers ses sœurs, s'assurant qu'elles comprennent qu'il ne s'adressait qu'à elles.

— Je suis particulièrement heureuse d'être ici pour les fêtes. Personne ne célèbre mieux cette période que les habitants de Hartwell, affirma-t-elle.

Puis, arborant un air inquiet, elle reporta son regard sur Calder.

— J'ai hâte d'être à la Saint-Étienne, mais j'étais triste d'apprendre que Hartwood n'accueillerait pas l'événement. Je craignais que tu ne sois souffrant.

Elle ne voyait pas d'autre raison pour qu'il n'organise pas la fête. Les ducs de Hartwell s'en chargeaient depuis des générations.

— Ce n'est pas le cas, comme tu peux le voir.

Puisqu'il avait décidé de parler franchement, elle le ferait aussi.

— Tu n'as pas l'air malade, et pourtant, tu n'es pas tout à fait l'homme dont je me souviens, dit Felicity avant de secouer la tête.

Elle se disait qu'elle avait espéré que son rejet, dix ans plus tôt, ait eu une bonne raison d'être. Une partie d'elle espérait qu'il était devenu heureux. Elle l'avait été, du mieux qu'elle avait pu. Elle avait aimé son mari, mais cela n'avait jamais été la même chose que ce qu'elle avait ressenti pour Calder. En fait, elle se demandait souvent si elle n'avait pas rêvé ce temps passé ensemble, si ses souvenirs n'étaient pas qu'une illusion.

— Mais cela fait plus de dix ans.

— Oui, les gens changent avec le temps. Et certaines personnes changent du jour au lendemain, répliqua Calder, les yeux brûlant d'une intensité cavalière. Je ne suis pas sûr que la femme dont je me souviens ait jamais existé.

Felicity le regarda fixement, et elle eut l'impression que ses entrailles se transformaient en pierre. Qu'était-il en train de raconter ? C'était ce qu'elle aurait dit de lui.

Poppy saisit le bras de son frère.

— Calder, nous devrions peut-être…

Il se tourna vers elle.

— Ne me touche pas. Je dirai ce qui me plaît.

— Certainement pas à ma femme !

Le mari de Poppy, le marquis de Darlington, ou du moins Felicity le croyait, puisqu'il l'avait appelée *sa femme*, s'interposa entre le frère et la sœur.

La jeune femme parut surprise de voir le marquis, mais elle se reprit rapidement. Elle jeta un coup d'œil autour d'elle et murmura :

— Calder, tu fais une scène.

Le regard de Calder s'assombrit et le marquis fit un minuscule pas vers lui.

— Attention, Chill, ne laisse pas cette scène dégénérer en quelque chose d'autre.

Que se passerait-il ? Plus important encore, qu'était-il advenu de Calder ? Pour la première fois, Felicity ressentit une chose qu'elle n'aurait jamais imaginé éprouver à son égard : de l'inquiétude, et peut-être un éclair de pitié.

Calder leur jeta à tous un regard noir avant de fixer Felicity de manière particulièrement odieuse.

— Je suis venu voir ce dont j'avais besoin. Et maintenant, je suis libre.

Il tourna les talons brusquement et quitta l'assemblée à grands pas. Felicity referma la bouche avant de le suivre du regard, l'esprit et le corps en ébullition. Que venait-il de se passer ?

Darlington se tourna vers Poppy.

— Je ne voulais pas le faire fuir.

— C'est mieux ainsi, murmura-t-elle.

Il lui offrit son bras.

— Veux-tu faire un tour ?

Felicity remarqua à peine qu'ils étaient partis, car elle cherchait à comprendre pourquoi Calder s'était comporté de la sorte. Il avait dit que la femme qu'il connaissait n'avait jamais existé. Elle tâcha de se rappeler la lettre qu'il lui avait écrite, des mots qu'elle avait autrefois mémorisés, mais qu'elle avait depuis effacés de son esprit.

Il avait dit qu'il ne lui ferait pas la cour et qu'il ne la demanderait pas en mariage, comme ils en avaient discuté. Il avait affirmé que son devoir l'obligeait à trouver une femme plus convenable. En tant que fille de fermier, elle avait craint qu'ils n'aient pas d'avenir, mais il n'avait cessé de lui assurer qu'il avait l'intention de faire d'elle sa femme.

Jusqu'à ce qu'il envoie la lettre et ne revienne pas à la maison pour Noël.

C'était à ce moment-là qu'elle avait compris que tout cela n'avait été qu'un mensonge.

Si vous souhaitez poursuivre la lecture, cliquez ici pour acheter:

La Joie du duc

DU MÊME AUTEUR

Une nuit d'abandon par Darcy Burke

Une nuit de passion par Erica Ridley

Une nuit de scandale par Darcy Burke

Une nuit d'adieu par Erica Ridley

Une nuit de tentation par Darcy Burke

Les Insaisissables: The Pretenders

A Secret Surrender

A Scandalous Bargain

A Rogue's Redemption

À PROPOS DE L'AUTEUR

Darcy Burke est l'auteure à succès USA Today de romance sexy, sentimentale historique et contemporaine. Darcy a écrit son premier livre à 11 ans, une fin heureuse entre un cygne accro à la magie et une femelle cygne qui l'aimait, avec des illustrations extrêmement pauvres.

Native de l'Oregon, Darcy vit en bordure des vignes avec son mari guitariste, une fille artiste d'un incroyable talent, et un fils débordant d'imagination qui écrira sans doute un jour mieux qu'elle (et peut-être dès demain). Ils forment une famille-à-chats un peu folle, avec deux bengals, un petit chat en quête de notoriété qui porte le nom d'un fruit, un vieux maine-coon rescapé plutôt arrogant, et une collection de chats du voisinage qui trainent sur la terrasse et entrent quelquefois. Vous trouverez Darcy au chai, dans son confor-table fauteuil d'écrivain avec son portable et un ou trois chats

sur les genoux, en train de plier son linge (ce qu'elle adore),
ou encore devant le télévision avec sa famille. Ses havres de
bonheur sont Disneyland, le week-end du Labor Day au
Gorge, Le Danemark et partout au Royaume-Uni – tant que
sa famille y est aussi. Retrouvez Darcy en ligne à https://
www.darcyburke.com et suivez-la sur ses réseaux sociaux.